中脇初枝——著
王蘊潔——譯

你是好孩子

きみはいい子

目錄

聖誕老公公不來的家

每天營養午餐的時間，那個孩子都會添第二碗。
但是，他一點都不胖，反而瘦巴巴的，每天都穿同樣的衣服。
即使我當老師才第二年，也應該發現這孩子有問題。
但是，我帶的班級面臨失控的邊緣❶，所以，我竟然完全沒有發現。
大學畢業後任教的第一所學校櫻之丘小學，是學區內學生人數最多的，總人數直逼一千人。
「也許你覺得一畢業就帶一年級生太辛苦，」校長走進一年級教室時回頭看著我，對我露出微笑，「其實今年帶一年級生很幸運。」
她的一頭白髮染成了漆黑色，臉上搽了厚厚的粉底，完全看不出她幾歲。只能勉強從她臉上粉底的厚度，推測她應該快退休了。
「因爲今年的學生分成五個班，所以每個班級的人數變少了。去年和前年的一年級都只有四個班，每班都有四十個學生，眞的很辛苦。」
校長穿越教室，站在窗邊看著窗外。她的臉很白，脖子卻很黑。

❶ 學生在上課時間擅自行動、說話，導致老師無法上課的狀態持續，班導師無法解決的現象稱爲班級失控。

「不久之前，這個山丘上都是一眼望不到盡頭的樹林和農田，現在變成這樣，所以各個家庭的子女都來這所學校讀書。」

從二樓的窗戶只能看到學校周圍的房子屋頂和公寓，天空從三角形和四方形的屋頂後方探出頭。

「啊，今天可以看到富士山！」

公寓的水塔旁露出隱約可見的淡藍色山頂，如果校長沒有提醒，根本不會注意到。

「我們的校歌歌詞也提到了富士山，只是在建造大片公寓後，現在幾乎很少有機會看到了。」

不光是學校周圍，學校所在的山丘斜坡上，以及和斜坡相連的平地周圍，都擠滿了公寓和大廈。從學校走去車站大約十五分鐘，我每天在被公寓和大廈埋沒的街道縫隙之間鑽來鑽去，來這所學校上班。

校園角落種的櫻花樹是視野中僅剩的綠意，但櫻花樹異樣的寒傖，只有細細的樹枝前端零零星星地綻了幾朵花而已，無法期待在入學典禮時看到櫻花滿枝頭的景象。

「這所學校建了多久了？」

校長注意到我的視線。

「明年就是四十周年了，櫻花樹看起來有點淒涼吧？我剛來這所學校時，有一整排很壯觀的櫻花樹，但附近居民投訴說，櫻花樹太大，擋住了視野，一旦倒下也很危險，而且掉落的樹葉也造成了他們的困擾，所以就統統砍掉了。這些櫻花樹是去年剛種的。」

「怎麼這樣？」

我嘀咕著，校長回頭看著我，噗哧一聲笑了起來。

「明明是叫櫻之丘小學，但是，希望你記住，這所學校就是這樣。」

校長正想開口繼續說話，這時，樓上傳來答答答答答答的聲音，似乎在整修教室。

校長閉上張開的嘴，抬頭看著天花板。白色天花板上有無數不規則的小洞。為什麼有這些小洞？我以前讀的小學也一樣。

「要把視聽教室打掉，因爲教室不夠用。」

「增加了這麼多學生嗎？」

「還不知道會繼續增加到什麼程度，眞的很可怕，很多學生就連我這個校長也不認識。」

孩子們在暮色漸沉的校園內玩耍。有人在打棒球，有人在踢足球，好幾個女生都圍在單槓前，還有人在體能攀爬架旁玩鬼抓人遊戲。

真是天真無邪的孩子。我當時心想。初春的向暮時分。雖然春寒料峭，那些孩子活力十足。那個孩子絕對也在當時我低頭看到的那群孩子中。

但是，我沒有看見他。

當時，我甚至不知道每個孩子都是獨立的個體。

校長在窗邊小聲嘀咕：

「湊合的城市，湊合的房子，湊合的學生，湊合的……」

她似乎把最後一句「湊合的老師」吞了下去，回頭看著我笑了笑。塗脂抹粉的臉像能劇面具般毫無表情，只有塗得紅紅的兩片嘴唇動了動。

「老師也是新生，學生也是新生，大家都是一年級新生，所以彼此都有新鮮的心情。」

校長拍了拍我的肩膀。

「對。」

我低頭看著校長染得漆黑的白髮，點了點頭。校長只有頭頂髮旋那一塊特別白。

我到底在「對」什麼？
我根本什麼都不懂。
我蔑視當時的自己。

入學典禮結束，在教室內正式面對學生時，我嚇了一跳。
因爲這些學生太小了，好像揉成一團，就可以把他們丟出去。
我在實習時帶的是五年級的學生，所以從來沒想到一年級的學生這麼矮小。
他們聽得懂我說的話嗎？
不安襲上心頭，我遲遲無法開口說出第一句話，但是，一雙雙小眼睛目不轉睛地看著我。
「恭喜各位同學入學。」
我終於說出了這句話。學年主任告訴我，這句話要最先說。
「同時也恭喜各位同學的家長。」
我對著站在教室後方盛裝出席，排成一排的學生家長鞠了一躬。
這也是按照學年主任的指示說的。不能說爸爸、媽媽，也不能說各位父母或是父兄，因爲有些學生可能沒有父母，或是父母無法前來，父兄這兩個字中不包含母親，所以這個字眼已經不適合現代社會。的確，當我巡視教室後方時，發現站在那裡的幾乎都是爺爺、奶奶年紀的人。

「我叫岡野匡，從今天開始擔任各位同學的老師。老師和大家一樣，今年是當老師的第一年，大家也是小學一年級，所以，我們都是一年級新生，要當好朋友，一起好好讀書。」

後方的家長響起稀稀落落的掌聲。

「現在老師就來點名。被老師叫到名字的同學請回答。青山雄大同學。」

「有。」

副校長對我說，無論男生還是女生，在叫名字時，後面都要加「同學」兩個字。我小時候讀的是男女合校，也上過家政課，覺得副校長的這種要求完全沒有任何問題，只是如果副校長沒有提醒，我可能並不會注意到這件事。況且現在的小孩名字很難唸，副校長提醒我要事先在點名簿上寫好學生名字的讀音。

「雄大」唸「yu-u-ta」，「久蘭羅」唸「ku-ra-ra」，「宇宙」要唸「so-ra」，「瑞瑞」要唸「su-zu」。很多名字我都不會唸，當我看著用紅筆標了讀音的點名簿，正確地叫完全班同學的名字時，忍不住鬆了一口氣。

家長在教室後方露出微笑。

還好嘛，輕鬆搞定了。

我太傻、太天眞了。

學生聽得懂我說的話，也很認眞聽我說話。

但是，帶領學生集體放學期間結束，讓學生個別放學的隔天，就發生了班上的三個男生，在放學途中去按住家門鈴的事件。

這是班上的同學第一次發生問題，所以我獨自上門向住家道歉。我換上運動夾克，繫上領帶登門道歉，一個看起來脾氣很好的老太太從老舊的平房深處走了出來。

我站在門口道歉，老太太笑著表示了原諒。

「每年都會發生這種事，我已經習慣了。小孩子就是要活潑一點。」

一問之下，才知道還沒這所學校之前，老太太就已經住在這裡。

「櫻花的花瓣都會飄到我家門口，每次用掃帚清掃時，就知道春天來了。」

老太太並不知道那些櫻花樹都已經砍掉重種了。我再度向她鞠躬。

「老師大人上門道歉，眞是不敢當啊。」

老太太的話一直在我耳邊縈繞。原來以前的時代這麼稱呼老師。

這件事後，我在班上要求學生不可以像這樣造成他人的困擾，類似的事情就沒有再發生。

我的班級並沒有發生原本所擔心的、學生在課堂上走來走去的情況，每天都很平靜。

有一天，班上一個女生在上課時尿在褲子上。

我叮嚀其他學生，課間休息時一定要去上廁所後，用抹布擦了地板，把那個學生帶去保健室，請保健老師爲她換上乾淨的衣服。

放學後，那個女生的媽媽打電話到學校。副校長把電話轉給我時，我以爲她專程來電感謝我爲她女兒清理，或是對造成我的困擾致歉。

母親自報姓名後，立刻自顧自地說了起來。

「老師，聽說今天我女兒上課時尿在褲子上，造成了你的困擾，眞過意不去。」

「別這麼說，這也是我工作的一部分。」

「今天借了別人的衣服，等我洗乾淨之後，會讓我女兒帶去學校。」

「好的。」

「對了，老師，」

「是。」

我還一派悠然地在電話前點著頭。

「請問你知道我女兒爲什麼會尿在褲子上嗎？」

這時，我才發現這位母親打電話來既不是道謝，也不是道歉。

「聽說你在上課時，都不允許學生去上廁所。」

「不，沒這回事，如果有學生想去上廁所——」

我的話還沒說完，就被打斷了。

「聽我女兒說，她害怕得根本不敢說，所以每次只好忍耐。其他學生也一樣，聽說之前有學生去按別人家的門鈴，或是第一個舉手說要去上廁所時，都會被你臭罵一頓。我知道學生的教導很重要，但有必要罵到小孩子忍著不敢上廁所，最後尿在褲子上嗎？他們畢竟才剛上小學而已。」

我完全不知道她在說什麼，可見那時的我多蠢多遲鈍。我認定她就是傳說中的怪獸家長，不想和她多耗時間，就在電話中向她道歉。我對她說的話左耳進，右耳出，只是不停地道歉。我以爲那個母親是例外。

第二天之後，上課時經常有學生尿褲子。放學後，也經常接到家長的電話。聯絡簿上幾乎每天都有學生家長表達對我的不滿，不是感冒或是病毒流行期間，不時有學生因爲身體不適請假。我認定是第一個尿褲子的女同學母親煽動了其他家長。

家長們發現自己抗議沒有奏效，開始向學年主任、副校長告狀，最後向校長和家長會長表達對我的不滿，要求我儘快改善。於是，其他老師經常來我的班級張望，最後，校長終於把我叫去校長室，校長、副校長和學年主任分別指導了我一番。

「岡野老師，你太嚴格了，」學年主任最先開了口，「他們只是一年級新生。」

「是啊，你說話的方式太嚴厲了。」

校長也點頭稱是。

「你從來沒有笑容，好像隨時都在生氣。」

副校長也說。

然後，三個人開始輪流責備我。

「你不可以用筆指著學生，既危險，也很沒禮貌。也不能用手指，指向某位同學時，記得要用手掌。」

「和學生說話時，最好不要抱著雙臂，學生看到老師太嚴肅會緊張。」

「當學生舉手說要去廁所時，記得要對學生露出笑容。因爲他們鼓起了很大的勇氣才舉手，所以要稱讚他們勇於舉手表達的行爲。」

「你可以把教室的後門打開，學生知道隨時都可以去上廁所，上課的時候就會感到安心。」

這些都是我第一次聽說的事，大學裡從來沒有教過。我低頭做筆記時，可以感受到自己耳朵都紅了。

「岡野老師，你蹲下來看看。」

談話中斷時，副校長對我說。

我有點不知所措，副校長問學年主任：

「上次測量時，一年級生的平均身高是多少？」

「我記得是一百一十五公分。」

「岡野老師，你蹲下來看看，把自己當成是一年級生。」

副校長又重複了一遍，我蹲了下來。

「嗯，還要再低一點。」

學年主任輕輕按了按我的頭，我蹲得更低了。

「對，差不多就這樣。」

「怎麼樣？請你抬頭看我。」

副校長把一縷瀏海撥回條碼頭，低頭看著半蹲的我。

「這就是一年級學生眼中的老師。」

「怎麼樣？」

校長和學年主任站在一起看著我。

「你的個子比我更高，所以在學生眼中看起來更高大。」

我第一次瞭解這件事。

原本只覺得班上的學生很矮小，但這不是重點。

重點在於我太高了。對一年級的學生來說，我的個子太高大了。

「所以，聽學生說話時，要蹲下來聽。」

「是。」

我點了點頭後，站了起來。

我鬆了一口氣。只要貫徹剛才記錄的內容，一定可以解決目前的問題。我以為事情就這麼簡單。

從第二天開始，我完全變了樣。

絕對不能讓學生對我感到害怕。

我整天都在思考這件事。

隨時面帶笑容。不能抱手臂。不要用筆指學生。不要大聲說話。把教室的後門打開。稱讚舉手說想上廁所的學生。學生對我說話時，我要蹲下，和他們視線保持相同的高度。我逐一貫徹記事本上所記錄的內容。

當我改變後，學生也改變了。

他們一個接著一個想上廁所。

爲什麼這些孩子整天想上廁所？

只要一上課，他們就想上廁所，讓我不禁產生了疑問。原來他們這麼想上廁所，之前都因爲我的關係忍耐克制。反過來說，我的態度改善了，他們才能夠勇於表達出自己的意見。

我找回了自信。

我的理想，是成爲一個能夠守護孩子茁壯成長的老師，沒想到第一年，就完成了目標。

幾天後。星期一第五節數學課開始上課沒多久，坐在最後排的男生就舉起了手。

「老師，我可以去廁所嗎？」

我用因為經常擺出不習慣的笑容，導致疼痛的臉頰肌肉勉強擠出笑容說：

「你很有勇氣表達意見，記得不要吵到其他同學。」

「老師，我也想去。」

第一個男生起身後，另一個男生又舉起了手。

「嗯，好啊，不要吵到其他同學。」

我點了點頭，繼續說明一位數的減法。

「有七個小朋友一起玩，傍晚的時候，有六個小朋友回家了。」

第一個男生走回教室，這時，又有另一個學生舉起手。

「老師，我也想去上廁所。」

「好，不要吵到其他同學。」

「老師，我也可以去嗎？」

「老師，我也想去。」

我始終面帶笑容，教室內拉椅子的聲音、起身的聲音、撞到桌子的聲音、鉛筆盒掉落的聲音和教科書掉在地上的聲音此起彼落。

「幹什麼啦！」

「對不起。」

「沒關係，那我也去上廁所好了。」

「綾綾，我們一起去吧。」

我還來不及制止，學生就接二連三地開始了廁所巡禮。有的剛踏上旅程，有的已經凱旋歸來，也有的中途踏上了新的旅程。

「還有幾個小朋友在玩？」

我正準備再問一次，但很快就放棄，不顧算式才寫到一半，放下了右手的粉筆。

全班學生幾乎都離開了。

嘎答嘎答。啪啦啪啦。咕咚。啪答啪答。拔答拔答。嘎答嘎答。嘎答嘎答。學生說話的聲音和學生發出的聲音在教室內迴響，不斷向我逼來。坐在座位上時，看起來像一整個群體的學生無聲無息地潰散，變成了四分五裂的碎片散開，這些碎片蔓延到教室外。

這是我帶的班級開始失控的第一步。

我原本並不想當老師。

因爲參加縣立高中推甄入學，剛好進了私立大學的教育系。母親在家裡開鋼琴教室，所以我也會彈鋼琴。大學的很多同學因爲不會彈鋼琴，只能選擇當中學或高中老師，我考慮到小學老師的競爭率比較低，所以選擇當小學老師。

其實我對自己的小學老師沒什麼好印象。

讀小學時，幾乎遇到所有的老師都是大嬸，個個都很容易生氣，而且我完全搞不懂她們生氣的理由。這些大嬸老師十之八九都燙著鬈鬈頭，搽了厚厚的粉底，脖子和臉的顏色完全不一樣。

二年級上美勞課時，做事向來動作很快的我第一個畫好。我把畫交給老師，問老師接下來要做什麼，她竟然叫我數天花板上有幾個洞。

星期三，我忘了帶鉛筆盒，老師叫我回家拿。我在第二節課上到一半時回到教室，發現鉛筆盒裡沒有橡皮擦。老師又叫我回去拿，等我回到學校時，剛好吃營養午餐。這天，我完全沒有上到課。

有一個老師無論遇到大事、小事，就叫學生「滾回去」。有一天，她也對我大吼：「滾回去！」我立刻揹起書包準備回家，結果又被她罵：「天底下哪有笨蛋眞的回去?!」

回想起來，我遇到的都是這類老師。

沒辦法，既然因爲競爭率低而做了選擇，現在只能當小學老師。終於找到了鐵飯碗。家人爲我感到高興。那些沒有通過教師甄試，只能去語言學校當講師的同學也都對我羨慕不已。

在我最初帶的班級無法正常上課後，我終於瞭解了「鐵飯碗」的意思。我的班級從六月開始失控，但我之後繼續擔任班導師。雖然校長、副校長、教務主任和教務副主任經常代替我上課，但我還是那個班級的班導師。

教師這個行業，只要不主動提出辭職，就不會被開除。

即使是像我這種不稱職的老師也一樣。

原來這就是鐵飯碗。

至少我在教鋼琴的母親、從商社退休的父親和離婚後回來娘家的姊姊激勵下，每天都去學校上班。

我在明年度希望接任學年的調查表上，塡寫了「一年級和六年級以外」這行字，這也是爲一年級和六年級的學生著想，我甚至很想塡寫「都不想」。

一個學年度終於快結束時，校長把我找去校長室。

「岡野老師，明年度請你帶四年級的班級。」

我記得校長在一年前曾經對我說，今年的三年級人數最多，一年級的人數比較少，所以比較好帶。

校長看到我滿臉不安，微笑著說：

「人數是三十八人，的確有點多，但是，你帶的班上沒有需要特別費心的學生。明年度本校的班級中，只有你帶的那個班沒有問題學生，所以，不用擔心，以年紀來說，也是四年級的學生性情最穩定。」

「但是，我當班導師沒問題嗎？」

我忍不住說出了眞心話。校長的兩片紅唇露出微笑，輕輕拍了拍我的肩膀。

「你在說什麼啊，去年是因爲我的思慮不夠周到，才讓你受了不少委屈，你這一年成長了很多，不用擔心。」

我終於知道，爲什麼我讀小學時的班導師個個都那麼可惡。

「有特教班的學生會去你的班級上課，你以前沒有經驗，但是不用擔心，我已經要求特教班的學生來上課時，派專門的老師陪同。」

校長的聲音越來越遙遠。

所以，我也將加入那些可惡的老師行列。

四年級的學生的確很穩定。

上課時沒有人去上廁所，當然也沒有人尿褲子。上課時，也幾乎沒有人說話，或是轉頭看後面，我在解釋漢字和說明筆算步驟時，也不會受到干擾。吃營養午餐時不會吃得滿桌子都是飯菜，也沒有學生會打翻餐桶。打掃的時候，沒有學生會拿著掃把打仗，或是拿著抹布溜冰，或是用肥皂打曲棍球。

但是，有什麼地方不對勁。

上課時，所有的學生都看著我，雖然沒有人說話，我卻覺得很孤單。

班上的學生都很冷。

簡而言之，就是這麼一回事。

我覺得班上的每個學生都掩飾自己的眞心，不以眞面目示人。我只是每天讀教科書上的內容，久而久之，我覺得當老師應該就是這麼一回事。

五月的連休結束時，我在放學後的教室內撿到一張紙條。我打開折成四折的紙條，上面用綠色的筆寫著「清水好噁，叫她去死啦」幾個字。

清水是班上一個漂亮的女生，長頭髮，皮膚很白，不難想像她容易招人嫉妒。

第二天，我開始注意觀察清水。

她是一個文靜的學生，沒有加入班上已經明顯形成的幾個小圈圈，課間休息時經常獨自看書。我猜想是其中一個女生的小圈圈在傳那張紙條。

觀察清水後，我發現女生分成三個小圈圈，兩個人數比較多的小圈圈相互對立。其中一個小圈圈以每天穿迷你裙，感覺比較早熟的星同學爲中心；另一個小圈圈的成員是功課很好的佐藤、接力賽跑選手吉澤和其他幾個人。她們經常在小圈圈內傳紙條，罵其他小圈圈的人整天賣騷，腦袋空空，或是幫她們取「眼鏡猴」、「黑猩猩」之類的綽號。

我開始禁止班上同學帶上課不需要的筆記本到學校，於是他們開始互傳貼了一大堆貼紙的信。雖然我知道這種行爲有點像是打地鼠，但還是再度禁止他們帶不必要的信到學校。

於是，他們開始在上課時間說話。當我面對學生時，沒有人說話，但只要一轉身，開始在黑板上寫字，學生就開始竊竊私語。說話的聲音越來越大聲，當我轉身想要制止時，他們立刻閉上嘴，我對他們束手無策。

男生開始因爲一些無足輕重的小事打架鬧事。

其他學校一個學年度有三個學期，櫻之丘小學只有上學期和下學期兩個學期，每年六月運動會之後，班上的氣氛就鬆懈了。那天，我爲了提振班上學生的士氣，花了一堂課的時間讓他們玩躲避球。

沒想到反而惹了禍，兩隊人馬為了最後一個人被球打到時有沒有越線吵了起來。功課很好，個性活潑的小野，和功課不好，卻很會踢足球的大熊扭打成一團。

櫻之丘小學要求同學之間也不能直呼其名，必須在姓氏後面加「同學」兩個字，但即使在稱呼時加了「同學」兩個字，學生也不會因此變乖。只是對我來說很方便，只要記住姓氏就好，不需要記一大堆學生的名字或是綽號。

大熊體格很壯碩，小野被他推倒在地，哭了起來。

那次之後，大熊的搗蛋行為變本加厲。上課有人舉手發言時，他就罵人家「書呆子」；抓住站在他旁邊同學的手插進餐桶，大叫著「髒死了」，讓大家都沒辦法吃，或是破壞別人燒好的黏土鈴鐺。

和大熊一樣經常忘了帶功課，在教室裡罵人的學生越來越多，女生小圈圈中的大姊頭星同學也和大熊混在一起，教室裡越來越不安寧。被同學排擠的清水經常曠課。

我在學年會議上向其他老師報告了目前面臨的情況。

去年曾經帶過大熊的三班班導師說：

「大熊同學的確很調皮，但他不是壞孩子，他很可愛，其實是個好學生。」

三班的老師晃著鬈鬈頭，面帶微笑地說道。我不由得想起那個叫我數教室天花板上洞洞的老師，覺得三班的老師只是想要藉由稱讚讓現任班導師束手無策的學生，襯托她是更優秀的老師。

我低下了頭。

她的發言終結了我的訴求，和其他老師開始討論四年級中，三名有學習障礙的學生問題。

四班有兩名學生有學習障礙，四班的班導師說，他們雖然能夠閱讀、書寫，卻無法理解文章的內容，另一名學生完全無法理解數字的概念，也無法計算。

「眞的很傷腦筋。」

三班的老師嘆著氣說。她班上有一個過動症的男學生，無法靜靜地在座位上聽課，我也經常在走廊上遇到她去追那個衝出教室的學生。

「妳已經很了不起了，我恐怕做不到像妳那樣。」

學年主任的老師也點著頭。他帶的一班也有過動症和學習障礙的學生。

「但是，看到他完成之前做不到的事，就會很開心。」

「是啊，只要他乖乖坐一堂課，就高興得忍不住想要上前抱住他。」

三位老師頻頻點頭，相互安慰著。我完全無法融入他們。我帶的二班既沒有過動症的學生，也沒有學生有學習障礙的問題。

四班有兩名學習障礙的學生，但她仍然出色地盡了自己的職責。

我無話可說。

我期待暑假的到來，就像學生一樣。

暑假結束後，班上的情況仍然沒有改變，反而每況愈下。

即使在班上大發雷霆，也無法安靜多久，兩、三天後就故態復萌了。

男生中的孩子王大熊，和一群打扮得花枝招展的女生中的大姊頭星同學結合，形成了一大勢力，根本沒有學生是他們的對手。把這兩個學生的座位拆開後，他們就在教室兩頭大聲說話，有時候也會傳紙飛機。

如果有智能障礙的學生來班上上課，校方就會派一名輔助老師。

特教班那個有自閉症的男生櫻井來上課時，資源班的老師也會陪同前來，但這位即將退休的阿嬤老師連照顧櫻井也有點力不從心，根本無暇協助我。

櫻井雖然無法讀寫漢字，也不會乘法和減法，上課時經常脫掉室內鞋和襪子，但他會很有禮貌地打招呼說：「老師好，老師再見」；和他說話時，也會很乖巧地回答：「是。」比逮到機會就大吵大鬧的大熊，或是只要一斥責，就開始鬧彆扭的星同學好相處多了。

有一天，櫻井上完旁聽的課，和資源班的老師走出教室時，星同學對著平時不理不睬的清水大聲地說：

「咦？清水同學，旁聽結束了啊，妳怎麼還不離開？」

「妳在說什麼？」

我大聲喝斥她。

在我斥責星同學時，她一直低著頭。那天她穿了一件鮮豔粉紅色的襯衫，上面有很多骷髏頭，每個骷髏頭都在笑。她也一定在嘲笑我，根本沒把我放在眼裡。

但我只能斥責她，除此以外無能爲力。

打掃的時候，大熊揮動掃把打到了另一個同學的眼睛，我只好去學生家道歉；清水終於不再來學校上課，我又上門去家庭訪問。我有越來越多需要在放學之後處理的事。

我在改帶回家的考卷時，比我大十歲的姊姊爲我做了雞湯飯。那是在旅行社上班的姊姊最拿手的料理，她總是做一些在帶團旅行時吃到的食物給我吃，她說這也是某個南方島嶼國家的料理。

姊姊坐在桌子對面，看著我用湯匙把飯送進嘴裡。

「你從來沒有吃過苦。」

姊姊曾經嫁給在留學時認識的美國人，但對方對她施暴，她就回日本了。他們的離婚協議不順利，被迫和五歲的女兒分隔兩地，所以她說的話很沉重。

我不知道她是什麼意思，是叫我去自找苦吃，還是說因爲沒吃過苦，所以難以承受目前的狀況嗎？她煮的雞湯倒是溫暖了我的身體。

翌日中午吃營養午餐的時候——

那天是學生都很愛吃的豬肉咖哩。神田第一個跑去添了第二碗，大熊大聲地說：

「神田，你吃太多了，你又沒付營養午餐費。」

教室內鴉雀無聲。

昨天放學後，我把營養午餐費的催款單交給神田。神田的家長從來沒有付過營養午餐費，也就是說，升上四年級後，他們從來沒繳過錢。

我知道這件事必須謹慎處理，只是無暇去管這件事。因爲光是處理班上的事，已經讓我忙得焦頭爛額了。

「神田，你根本沒資格吃，自己識相點。」

大熊又重複了一次。

我昨天特地把催款單裝在信封裡，趁其他同學不注意時交給神田，沒想到還是被大熊看到了。他對這種事特別敏感。

「神田同學沒付營養午餐費嗎？」

星同學故意誇張地驚叫起來，惟恐天下不亂。她穿著迷你裙的雙腿在桌子上蹺起了二郎腿。

「他爸媽一次也沒幫他付過。」

聽到大熊大聲這麼說，神田把原本準備舀咖哩的勺子放回了餐桶。

「幹什麼？」

我站起來大吼道。大熊默然不語地抬頭看著我，他的嘴角沾到了咖哩。

「夠了沒有？你知不知道有些話可以說，有些話不能說？」

不對，我不應該這麼說，應該有更像樣的話，更能夠感動孩子心靈的話，更能夠留在他們心中的話，更……

完了，我想不出來。

大熊低下了頭，然後小聲地嘀咕：

「班級都已經失控了。」

我決定假裝沒聽到。

我知道家長都在耳語。

他就是去年讓一年級的班級失控的那個老師。

剛開學時，幾個母親就在走廊上竊竊私語。即使在爲了保護個人資訊，所以沒有班級通訊錄的學校，這種事也傳得特別快。

況且，他們說的是事實，所以也無法指責她們。即使面對的是這個嘴角沾著咖哩的小鬼，我也無能爲力。

「神田同學，老師幫你裝。」

我大步走過去，拿起勺子，在神田的碗裡裝了滿滿的咖哩。神田低著頭，耳朵都紅了。

我的耳朵應該也紅了。

之後，我開始注意觀察神田。

他很單薄。不光是因爲他很瘦，身形單薄的關係，而是他很不引人注目。上課時，他幾乎不會主動舉手，課間休息時，也總是遠遠地看著大熊他們。他總是設法避免別人注意到自己的存在。

早晚開始變涼的季節後，我發現他穿著不合季節的衣服。有一天，班上只有他還穿著短袖和短褲，從衣服下露出的手腳乾乾的，好像抹了一層白粉。他的室內鞋也很髒，似乎從來沒洗過。

他的家境不好嗎？

我很想向別人打聽一下他家的情況，但神田去年的班導師調去了其他學校，學生登記卡上並沒有記錄詳細的情況，只知道他家並不是低收入戶，沒有父親和兄弟姊妹，二年級下學期中途從東京搬來這裡。

星期天，學校不上課，但我像往常一樣到學校上班。因爲有很多只能在學校處理的工作，雖然老同學都很羨慕我可以週休二日，社會大眾也以爲是這麼一回事，但很多老師週六、週日也照常去學校上班。

空蕩蕩的校園內，神田站在角落的兔子屋前。

當時，我並沒有多想，以爲他在那裡等同學。

沒想到將近中午時，我從辦公室的窗戶往外一看，發現神田還在校園內，獨自蹲在兔子小屋前的沙坑裡。

我走去校園，快到他身旁時，他蹲著轉過頭。

今天他穿了長袖運動衣褲，但袖子有點短，褲長也不夠，後背露出了一大截。

「你來學校玩嗎？」

神田仍然蹲在那裡，對我點了點頭。

「有沒有吃過午飯？」

雖然我知道他不可能吃過午餐，但還是這麼問。神田搖了搖頭。

「已經中午了，先回家一趟吧，不然你媽媽會擔心。」

「不會擔心。」

神田好像在呢喃般小聲說道。

這時，我終於發現了。遲鈍如我也終於發現神田為什麼這麼瘦，為什麼每天吃營養午餐時都會再添一碗的理由。

我感到一陣暈眩。

怎麼可能？不可能有這種事。怎麼可能會有父母這麼做？怎麼可能？

「你吃過早餐了嗎？」

我問。雖然我已經知道答案，但我無法不向他確認。

神田看著地上，搖了搖頭。他輕輕搖著頭，似乎很期待別人不要察覺。

神田為這件事感到丟臉。雖然該覺得丟臉的不是他，而是不給他吃飯的父母。

我因爲氣憤而渾身發燙，忍不住對他說：

「老師現在要去吃午餐，要不要一起去？」

神田蹲在那裡，仍然低著頭。

我感到渾身無力。

神田並沒有生氣。眞正該生氣的並不是我，而是父母讓他挨餓的神田，但他沒有生氣。

我也在他身旁蹲了下來，看著他注視的沙堆。那是一個小沙堆，只是他爲了打發無聊的時間堆起的小沙堆。

小沙堆無法吸引他人的目光和興趣，一腳就可以踩平，完全不會有人發現它的存在。

這就是神田的寫照。

「你肚子餓了吧？」

神田搖了搖頭，還是微微地搖頭。

「老師不喜歡一個人吃午餐，你可以陪我去嗎？」

我也小聲對他說話，他終於抬起了頭。

「好啊。」

我帶神田去了學校附近的中餐廳，神田把醬油拉麵吃得精光，連一滴湯汁也不剩。

「你喜歡吃拉麵嗎？」

我問。神田抬眼看著我說：

「不知道。」

我發現自己再度問了蠢問題。無論我現在給他吃什麼，他都會吃得精光。以他的處境，根本不允許他有喜歡或不喜歡。

吃完午餐後，神田一直在校園留到傍晚。中途有幾個同學來學校，和他玩了一陣子。那幾個同學離開後，他仍然獨自留在校園的角落。

我從辦公室看著神田。

三班的老師下午來學校製作家庭聯絡單，我向她打聽神田的事。

「他是你班上的學生吧？他經常來學校，整個暑假好像每天都來。」

三班的老師抬頭看著我身後的窗戶說完，又低頭看著電腦。

暑假時，我都在學校，我到底看到了什麼？我沒有資格責怪三班的老師太寡情。

當我抬起頭時，發現神田已經不見了。

太陽已經下山了。

翌日星期天，我又去了學校。

神田仍然站在兔子小屋前。中午的時候，原本在打棒球的學生回家之後，他仍然在那裡。

午餐時，我又請他吃了拉麵，他吃得精光，連一滴湯汁也不剩。

「早餐和午餐都沒有，」神田開了口，「但會做晚餐。」

我強忍著怒氣，努力讓臉上掛著笑容。一旦我生氣，神田單薄的身體會感到害怕。

「昨天晚餐吃了什麼？」

「麵包。」

神田說，我等著他的下文，但他沒有再說話。似乎昨天的晚餐只有麵包而已。

「你媽媽很忙嗎？」

「媽咪很忙，但爸爸不忙。」
咦？他不是沒有父親嗎？
「爸爸？」
「爸爸整天在睡覺，不然就是去打小鋼珠。」
「是嗎？」
我漸漸瞭解了，雖然我並不想瞭解。我和神田一起走出餐廳。
「明天是海底雞碎肉。」
走到校門口附近時，神田說。
「啊？」
「星期一是海底雞碎肉和胚芽米飯，星期二是肉醬義大利麵和奶油麵包捲，星期三是羊栖菜飯和什錦豆。」
神田小聲而流利地說道。
「你好厲害，每天的營養午餐都記得嗎？」
神田抬起臉，點了點頭。
「星期四是炸麵包，星期五是炒麵。」
「老師喜歡吃炸麵包。」

「我也喜歡。」

「老師覺得當老師的好處，就是長大以後，還可以吃到炸麵包。」

神田笑了，削瘦的臉頰上擠出了酒窩。我第一次知道原來他有酒窩。

我內心再度湧起了憤怒。

我終於知道神田記得營養午餐的原因了，

我終於知道神田每天期待營養午餐的原因了，

我痛恨他的父母把他逼到這個地步。

他的父母不僅沒有繳清滯納的營養午餐費，連教學參觀日、個人面談和親師懇談會，都從來沒有參加過。

因爲這個學校涵蓋的學區很大，所以班導師不需要進行家庭訪問，而且基於個資保護法，也沒有班級通訊錄。

這種對雙方都好的方便，導致我從來沒見過神田的家長。

不光是我，誰都沒看過神田的家長。

我對神田一無所知。

不一會兒，天空下起了雨。

神田站在兔子小屋的雨遮下看著兔子。
我打著雨傘，來到校園。
神田運動衣的後背被雨淋濕了。他身上穿的是昨天那件運動衣。
「下雨了，你要不要回家？」
我把學校的黃色雨傘遞給神田。
神田看著兔子，輕輕搖了搖頭。
「不會冷嗎？」
神田又輕輕搖了搖頭說：
「我五點才能回家。」
「五點才能回家？」
「爸爸說的，五點以前不要回家。」
「但是……」
現在下雨了啊。
我把後面半句話吞了下去。
神田當然知道，因爲雨點不是打在別人身上，而是淋在他的身上。
「老師送你回家。」

我把雨傘塞到神田手中。
「你站在這裡會感冒，老師送你回家。」
「不行，」神田很害怕，「不行啦，爸爸會很生氣。」
「爲這種事生氣太莫名其妙了。」
我忍不住大聲說道。
「不是啦，」神田說，「是我不乖，因爲我是壞孩子，所以爸爸才會生氣。」
神田拿著雨傘，一口氣說道。
我和神田面對面站在兔子小屋的雨遮下。
「神田同學，你不是壞孩子。」
我好不容易才說出這句話。
「我是壞孩子。」
神田立刻反駁說。
「那……」我努力思考著該怎麼說，「你爲什麼覺得自己是壞孩子？」
「因爲我惹爸爸生氣。」
「那是因爲你爸爸有問題。」

「媽咪也會生氣。」

「因爲媽媽也有問題啊。」

神田用運動衣的袖子擦了擦鼻水。這也難怪，天氣這麼冷，難怪他會流鼻水。透明的鼻水在他的鼻子下方拖了一條斜斜的線。

「聖誕老公公不來我家。」

神田說，我忍不住反問：

「什麼？」

我以爲自己聽錯了。

「聖誕老公公會去同學的家裡，送他們禮物，但因爲我是壞孩子，所以聖誕老公公不來我家。」

不是這樣。

我差一點脫口而出，但最後還是把話吞了下去。小學四年級的學生才九歲或是十歲，還相信這個世界上有聖誕老公公，我不能破壞他的夢想。

但是——

即使這樣——

「因爲我是壞孩子，所以聖誕老公公不來我家。」

神田又說了一次。

「不是，」我無法不開口，「不是你想的那樣。」

但是，除此以外，我說不出任何話。

「不是你想的那樣。」

我只能一再重複這句話。

我不知道該說什麼，不知道說什麼話可以打動他。我一如往常地詞窮了。

「神田同學，你不是壞孩子。」

在昨天之前，我什麼都不知道。

在昨天之前，我對神田一無所知。

所以，我說的話當然不可能打動他。

「怎樣才能變成好孩子？」神田低著頭嘀咕，「我不知道怎樣才能成爲好孩子。」

從兔子小屋雨遮滴下的雨，繼續淋濕神田的背。

於是，我帶神田去保健室，等到五點後，兩個人撐著傘，走去神田家。

「他不是我的親爸爸，」神田說，「所以，我叫他爸爸，因爲只有爹地才是我的爹地。」

「你爹地現在人在哪裡？」

「東京。我以前也住東京。」

「我知道。」

我想起了學生登記卡上的內容，那是我對神田僅有的瞭解。

「雖然媽咪一直說爹地的壞話，但我喜歡爹地。」

神田低著頭說。

用油性筆大大地寫著櫻之丘小學幾個字的黃色雨傘下，神田的長睫毛顫動著。他的睫毛又長又濃密，就像六月遠足時去動物園時看到的長頸鹿。

那一天，大家在孔雀區旁的廣場上鋪了野餐布，大家圍在一起吃便當。學生都炫耀著媽媽親手做的便當，唯有一個人只帶了便利商店的飯糰和保特瓶的果汁。

我想起來了，那個學生就是神田。

那時候，我對神田一無所知。

現在只是稍微瞭解而已，我想要進一步瞭解他。

比方說，他長而濃密的睫毛；纖細卻筆直的手腳；乾燥得好像抹了一層白色粉末的皮膚；記得營養午餐的菜單；笑的時候，浮現在臉頰上的酒窩。

從學校走去車站的路上，有一棟老舊的公寓。公寓門前堆了很多垃圾，破舊的腳踏車丟在那裡。

神田家就在那棟公寓的一樓。

他家沒有掛門牌，門旁堆了不少腳踏車的輪胎。

我正想伸手按門鈴，身後傳來汽車的引擎聲。回頭一看，一輛車身很低的白色改造車駛進了公寓停車場後停了下來。

「是爸爸。」

神田說，語尾的聲音有點沙啞。

車上走下來一個一看就知道不好惹的男人，他壯碩的身上穿了一件黑色運動夾克，皺著眉頭，叼著一根細菸，大搖大擺地走了過來，似乎可以把雨滴甩出去。

「喂，有事嗎？」

男人對我大聲問道，他的眉間、上唇和下唇，以及下巴都有銀色耳環，好像在臉上打的補釘。

我突然發現，從小到大，從來沒有人對我大聲說過話。

「我是櫻之丘小學的岡野，因爲下雨了，我送雄太回家。」

我覺得自己很沒用，好不容易才讓自己的聲音不發抖。

「老師嗎？那眞是太謝謝了。」

男人看著我，微微彎了一下腰，似乎在向我鞠躬。

「請問一下，爲什麼假日從一大早就讓孩子一個人在外面？」

我的話還沒說完，他就向前一步說：

「老師，小孩子不是就要在外面玩嗎？而且，他沒什麼朋友，我讓他在外面玩，是希望他多交朋友。」

「但已經下雨了，而且天氣也越來越冷，午餐也——」

「老師，你這就叫多管閒事吧？」

男人大聲打斷了我，抓著神田的手，從我面前走了過去。

「你送他回來也是多管閒事，他自己會回家。」

男人打開門，把神田推進去後，自己也進了屋，在我面前重重地關上了門。

我呆然地站在他家門口。

「你沒對那傢伙說什麼吧？」

男人說話的聲音很小聲，但還是從薄薄的門板內傳了出來。我沒聽到神田的回答。

咚。門內傳來一個低沉的聲音。

咚、咚。接著又連續傳來兩次低沉的聲音。

男人在揍神田。我立刻驚覺到這件事。

但是，即使我伸長耳朵，也沒聽到神田的哭聲，也沒有呻吟。男人也沒有說話。

我想要打開門，反正門沒有上鎖。

但是——

如果那不是打人的聲音怎麼辦？

那個男人不好惹，不知道他會說什麼？那張好像打了補釘的臉一定會更加猙獰，對我破口大罵。

我放開了原本握著門把的手，打開了雨傘。

至少把學校的傘留在這裡。

我把神田剛才用過的黃色雨傘放在門旁的牆邊。

希望下次下雨時，神田不會再被雨淋濕。

如果不這麼告訴自己，我無法離開。這是我為自己的沒出息找到的藉口。

這麼一來，就可以告訴自己，我並不是無法爲神田做任何事。

星期一早晨，我比平時更早到學校，校長和學年主任一進門，我就告訴他們昨天發生的事，於是決定立刻檢查神田的身體。

這一天，清水難得來學校上課。

我提早結束了早上的班會，在第一節課前的自習時間，把神田帶去保健室。爲了避免其他學生議論紛紛，我故意用輕描淡寫的語氣對神田說：

「神田，你上次要借的書，圖書室的老師放在我這裡，你跟我一起去拿。其他人請在座位上安靜看書，老師馬上就回來。」

走進保健室後，在副校長和保健老師的陪同下，請神田挽起袖子，檢查他的手臂。然後請他拉起長至膝蓋的短褲，檢查了他的大腿，但並沒有看到瘀青或燙傷的痕跡。

「神田同學，你爸爸有沒有打你？」

新任的保健老師面帶微笑地問。雖然我知道她是爲了避免學生緊張，但這種問題怎麼可以笑著發問呢？我在心裡嘀咕。

神田低著頭，微微搖了搖頭。

「老師不會告訴別人，也不會告訴爸爸、媽媽，你不用怕。爸爸有沒有打你？有沒有讓你覺得很痛？」

保健老師仍然面帶笑容。她是這所學校難得一見的美女老師，那是她對自己的美貌充滿自信的笑容。神田沒有看一眼她引以爲傲的笑容，盯著自己室內鞋的鞋尖，又搖了一次頭。

「要檢查肚子或是後背才知道吧。」

我一口氣說道。沒時間了。清水難得來學校上課，我要趕快回教室。

「神田同學，讓老師看一下。」

說完，我伸手拉他的運動衣下襬，這時，校長走進保健室。

「啊，岡野老師，不可以這樣。」校長衝了過來，「不可以脫學生衣服。」

「爲什麼？」

「一旦家長知道我們脫學生的衣服，可能會來學校抗議，一定要讓學生穿著衣服進行檢查。」

「但穿著衣服根本看不到肚子和後背啊。」

我說。

「也對啦，但學生自己說沒有挨打。」

副校長退後一步，抱著雙臂說。他只是退後了一步，就決定了神田的命運。
「是嗎？那就沒問題啦。」
校長似乎鬆了一口氣。
「神田同學，對不起，因爲老師有點擔心你。」
校長彎下腰，看著神田的臉。
神田又輕輕搖了搖頭。
身體檢查就這樣結束了。
我和神田一起走出保健室。
當我們並肩走上通往教室的樓梯時，有一個學生衝了下來。
是清水。她揹著書包。
「清水同學？」
清水流著眼淚說：
「我要回家了。」
「妳等一下。」
「我再也不會來學校了。」
我伸手想要挽留她，她甩開我的手，衝下了樓梯。清水的長辮子消失在樓梯下方。

我的教室內傳來一陣歡呼聲。

清水難得來學校，她好不容易鼓起勇氣來學校。

都是我的錯，一切都是我的錯。

第一節課，我花了一整節課的時間訓話，讓毫無反省之意的大熊站在教室後方。

大熊一點都不以爲意，不停地向回頭看他的同學擠眉弄眼、吐舌頭、扮鬼臉，逗同學發笑，結果第二節課也完全無法上課。

學年主任來教室察看情況，提醒我不要經常要求學生罰站。

「岡野老師，時代不同了，不能體罰和罰站。」

學年主任離開教室前，對我咬耳朵說。

大熊覺得自己拿到了免死金牌，又開始在上課時搗亂。

第五節課時，我又花了一整節課的時間訓話。

應該說一些更有效果的話，不需要這樣囉哩吧嗦，滔滔不絕。

學生都低著頭，等我訓話結束。他們低著頭，等待結束的一刻，每個人都在想不同的事。

我一個人喋喋不休。

我的聲音終於嘶啞了。

學生放學後，我立刻去清水家。

清水的母親情緒低落，我不停地向她道歉。清水一直在自己的房間內沒有出來，我想她應該會有很長一段時間不會再來學校了。

我很晚才回家，母親發現我的聲音沙啞，爲我泡了一杯熱騰騰的蜂蜜檸檬水。

「怎麼了？你在班上發脾氣嗎？」

正在看韓劇的姊姊和父親轉過頭。

「是啊。」

「你的班級很難帶嗎？」

父親去年才退休，在我小的時候，他經常因爲出差或是被派到國外工作，所以很少在家裡。父親不在家時，每次我一感冒，母親就會爲我端上蜂蜜檸檬水。

我坐在姊姊和父親對面的沙發上，他們放棄了男女主角正在相互凝視的畫面，轉頭看著我。

我這麼幸福。

「媽，妳有沒有爲學生的事煩惱過？」

「嗯，學鋼琴的孩子通常家境都不錯，不光是經濟條件好，父母也願意包容孩子，所以，大部分孩子都很乖。」

「是喔。」

「但也有被父母逼來學鋼琴的孩子，然後就故意搗蛋。」

「遇到這種孩子怎麼辦？」

「沒怎麼辦，這種孩子通常很快就不來上課了。」

「但讀小學不能說不來就不來，學校也不能開除學生。」

我嘆了一口氣。雖然是自己吐出來的嘆息，沒想到溫暖得連我自己都感到驚訝。

「八成是缺少擁抱。」

父親翻開報紙說。

「擁抱？」

「日本人太缺少擁抱了，你去美國看看，無論父母還是小孩，不管活到幾歲，都整天抱來抱去。雖然我覺得美國人抱得太多了，但在當今的時代，我更覺得現代人需要多擁抱。」

「也有人雖然不缺少擁抱，但仍然會暴力相向。」

姊姊自嘲地說。父親和母親的表情都僵住了，電視的聲音顯得格外大聲。

「我開玩笑啦，爸爸，那你就趕快去抱抱匡啊。」

姊姊笑了起來。

「開什麼玩笑，叫妳媽去抱啦。」

「好啊，那就馬上行動。」

母親想要從廚房走出來。

「我不缺少擁抱，已經足夠了。」

我拿起茶杯，慌忙從沙發上站了起來。

隔著檸檬色的熱氣，我看到爸媽和姊姊在笑。

我是如此幸福。

星期二，清水果然沒有來學校上課。

大熊一如往常地在課堂上搗蛋。

女生仍然在上課時間說話。

營養午餐時間，神田添了第二碗肉醬義大利麵。

放學前，我宣佈了一項回家作業。

「最近大家都太活潑了，老師累了，懶得再訓話了。」

我用仍然帶著幾分沙啞的聲音開始說話，全班的學生竟然全都看著我。我有點驚訝。

原來我也可以做到。我可以說出吸引學生的話，可以說出凝聚學生注意力的話。

「所以，老師決定今天要求大家做一項很難的功課。」

「啊？」教室內響起叫聲，但我已經好久沒聽到班上的同學發出這麼整齊的聲音，就連神田也張大了嘴巴。

「這個功課就是請家人緊緊抱你們。」

這次「啊」的叫聲比剛才更大聲，但是，他們的臉上都帶著笑容。也有學生互看著，忍不住笑了起來。

「這算什麼功課嘛。」

「老師好色喔。」

「根本是變態。」

「絕對做不到。」

雖然他們嘴上抱怨著，但臉上仍然帶著笑容，大熊站起來表達不滿，但他的臉上也帶著笑容。我不理會他們，又說了一次：

「所以，今天的功課就是請家人用力抱你們，誰都可以。爸爸、媽媽也可以，奶奶或是哥哥也可以，妹妹也可以。」

「貓可以嗎？」

大熊插嘴問。

「貓和狗不行，只能是人，請某一位家人用力抱你們。明天我會問大家有沒有完成這項功課，所以要記得做。」

值日生在一片嘰嘰喳喳的吵鬧聲中喊了起立的口令。

我看著神田，只有他一個人沒有笑。

翌日早晨，我在朝會上舉起右手問學生：

「完成功課的同學請舉手。」

學生們紛紛互看著，害羞地笑著，紛紛舉起了手，但並不是所有人都舉了手。

「咦?大熊,你沒有做功課嗎?」

「誰要做這種功課。」

大熊把手肘放在課桌上回答。他的臉很紅。

「是嗎?太可惜了,那老師等一下打電話給你媽媽,請她協助你完成功課。」

大熊猛然站了起來。

「有啦!我有做功課。」

「眞的嗎?」

大熊的臉漲得通紅。

「大熊同學,你的臉好紅。」

「你媽媽有抱你嗎?」

周圍的男生七嘴八舌地說。

「你們不也都被抱了嗎?」

大熊狠狠瞪著他們,學生紛紛轉過頭。他們也都漲紅了臉。

我想起了大熊的母親。她的一頭金色長髮綁在腦後,臉尖尖的,完全沒有贅肉,總是來匆匆,去匆匆。她是單親,除了大熊以外,家裡還有三個孩子。雖然我猜想是因爲要協助大熊完成功課，所以她無可奈何地抱了大熊，但在擁抱和被抱的舉動中，他們母子一定會有所發現。他們會發現那不是無可奈何的擁抱，即使大熊的媽媽以後不再抱他，他也知道母親會守護著他成長。

有些男生因爲害羞沒有舉手，但看他們臉頰泛紅，看他們臉上的笑容，就已經一目瞭然。二班的學生都完成了功課。

開始上課後，女生也沒有竊竊私語。她們應該不想說同學的壞話了，也許她們發現，被自己罵的同學，也同樣受到父母的喜愛，如同自己的父母愛自己。

大熊也很安靜。也許他發現並不是只有自己不得不照顧三個煩人的弟弟，並不是只有自己在忍耐，希望他能夠爲自己感到驕傲，自己是爲了母親發揮了忍耐。

第四堂課時，擁抱的魔力漸漸失效，大熊又開始在課堂上搗蛋，但是，我不再在意。即使是讓我頭痛不已的大熊，也有擁抱他的家人；那些總是在上課時竊竊私語的女生，每個人都是父母的心肝寶貝。想到這裡，就覺得這些學生很可愛。

我第一次對學生產生這樣的感情，我終於發現我以前缺少了什麼。

大熊仍然調皮搗蛋，女生仍然在課堂上竊竊私語，我仍然能力不足。

但是，我終於發現了一件事。

每個學生都不一樣。每個人都在不同的家庭長大，在不同的家人守護下生活。然後，來到這所學校，在同一間教室內上課。

即使是一件T恤，即使是一支筆，都是這些學生的家長為他們準備的，每個學生的身上凝聚了家長對他們的感情。

這些學生的家長昨天為他們做了晚餐，為他們準備了洗澡水，讓他們躺在床上睡覺。今天早上又為他們準備了早餐，為他們梳頭髮、綁頭髮，讓他們揹上書包來學校上學。

我直到今天才發現這些理所當然的事。

我能夠回應這些家長的情感嗎？

眼前三十八名學生個個都閃亮動人，每個學生都帶著父母的愛，都是父母的心肝寶貝。

但是，只有一個人從頭到尾都低著頭，和以前一樣，什麼都沒有改變。是神田。

吃營養午餐時，神田又添了第二碗羊栖菜飯。其他同學都不喜歡吃，所以他今天可以放心地開懷大吃。

只有神田沒有完成功課。

放學後，神田像往常一樣走到校園，和三班的學生一起打棒球。秋天的天色暗得早，白天一天比一天短，四點半的時候，已經看不到球，所以其他學生都回家了。

我在辦公室定睛看著操場。

神田在兔子小屋前的沙坑旁。他那件淺色運動衣出現在校園的角落，從上個星期六開始，他就一直穿這件衣服。

我走向神田。爲了避免他受到驚嚇，故意走得很慢。

神田站在兔子小屋前看著兔子。

「兔子還好嗎？」

聽到我的發問，神田的身體抖了一下。

「原來是老師。」

「你以爲是誰？妖怪嗎？天已經黑了。」

我好不容易才能看清神田的表情。

「功課太難了嗎？」

我問。神田點了點頭。

「媽媽昨天沒有回家，今天早上還在睡覺。」

爸爸呢？我硬是把差點脫口問出的話吞了下去。神田沒有提到爸爸，就是他的回答。

「是嗎？那眞的沒辦法完成功課。」

我用力點了點頭。

沒問題，這不是你的錯。

我希望他知道這件事。

神田同學，你不是壞孩子。

在班上也算是個子矮小的神田頭髮長得像女生的妹妹頭，不知道已經多久沒剪了。他的睫毛很長，眼睛大大的，第一次看到他時，我還以爲他是女生。

神田同學，你不是壞孩子。

我把手伸向神田單薄的肩膀。

神田立刻用手一揮，向後退了一大步。我嚇了一跳，把手縮了回來。

「對不起，嚇到你了嗎？」

我在說話時，發現他下意識地對大人的手感到害怕，不加思索地保護自己的身體。

神田果然遭受了暴力，那個男人，或是我還沒有見過的母親在家裡打他。

神田在離我一步之距的地方低頭看著兔子。

「神田同學，」

我開了口，我必須告訴他這件事。

「神田同學，你不是壞孩子。」

神田輕輕搖了搖頭。

「老師很清楚，」我向前走了一步，又重複了一次，「你不是壞孩子。」

如果神田願意相信我的話，我可以說一百次給他聽。

「你沒有做錯任何事。」

但是，我很清楚，即使我說這些話給他聽也沒用。這些話不應該由我來說。

「神田同學，你是好孩子。」

神田總是在一旁看著其他同學玩，他總是在校園的角落等其他同學，他總是安靜地聽別人說話，做大家想做的事，喜歡看到大家高興的樣子。看到大熊他們打架時，他也總是露出痛在自己身上的表情。

「你是好孩子，」我又說了一次，「老師很清楚。」

大滴的淚水從神田的長睫毛滑落，好像斷了的線，緩緩地落在地上。

地上散落了許多染上黃色的樹葉。那是櫻花樹的樹葉，因爲樹還很纖弱，樹葉也很小。

神田的肩膀微微顫抖。

我可以抱他嗎？

這不應該由我來做，而是應該由別人做的事。神田想要的不是我的擁抱，而是另一個人。

但是——

但是，無論怎麼渴望，那個人也不會抱他呢？

我輕輕伸出手，避免嚇到他。

我抱住了神田。

他比我原先以爲的更單薄、更瘦弱。這麼瘦小的身體，竟然要對抗那個壯碩的男人。

神田在發抖。

他的身上散發出甜膩的汗味，他一直都穿同一件衣服。

我連同這股味道一起，緊緊抱住了神田。

我是一個不稱職的老師，也很沒出息，無法勸阻學生打架，也無法解決班上的霸凌問題。

但是，即使爲了眼前這個孩子，我也想要努力。

明天也要來學校，爲了這個孩子，繼續來學校。

暮色蒼茫的天空中，連月亮也看不見。

星期四的天亮之前，就下起了雨。

早上的會議決定從今天開始開暖氣。

清水沒有來上學，神田也沒來。

今天的營養午餐是一如預告的炸麵包。

星期四是炸麵包，星期五是炒麵。

神田的聲音仍然在我耳邊縈繞，神田不可能不來學校。

我把神田和清水的炸麵包先拿了出來，用保鮮膜包好。

「老師，清水的炸麵包呢？」

大熊眼尖地問。

「她打電話來說今天請假，所以就請廚房少送一個。」

「怎麼這樣？神田的也是嗎？」

我點了點頭。

大熊的嘴角沾到了炸麵包上的砂糖。他的右側嘴角總是沾到醬汁或是咖哩。

他還是小孩子。

我拿面紙擦了大熊的嘴角。

「哇，小嬰兒。」

星同學叫了起來。

大熊有點害羞，但並沒有抱怨。

不知道爲什麼，大熊沒有父親，他的三個弟弟和他不是同一個父親。

排擠清水的星同學沒有母親，每次教學參觀日，都是她奶奶來參加。

湊合。

我想起校長第一天對我說的話。

湊合在一起的學生，宛如瘦弱的櫻花樹掉落的樹葉被風吹在一起。

小孩子的確無法選擇父母，無法選擇居住環境，也無法選擇就讀的學校，只是偶然聚在一起，來這所學校上課，在這裡吃炸麵包。

正因爲如此，這些孩子都用自己的方式努力生存。

我吃著炸麵包，拚命忍住淚水。

學生都放學回家後，我從辦公室看著校園。

兔子小屋前沒有人。

我拿出中午特地留下的炸麵包，準備去神田家。從紙袋裡拿出一疊漢字測驗的考卷，把炸麵包放了進去。

「啊，岡野老師，你要回家了嗎？」

三班的老師問我。

「不，還沒有，我打算去學生家做家庭訪問。」

「太好了。兔子小屋的鑰匙沒有交回來，應該是值日生的學生忘了，你可以順便幫我看一下嗎？」

三班的老師向來喜歡差遣人。

「好的。」

我打開雨傘，走出玄關，經過校園角落，走去沒有人的兔子小屋。

鑰匙掛在兔子小屋門上的鎖上面，的確是值日生忘了。我撐著雨傘，把鑰匙拿了下來。

從雨遮滴落的雨聲比剛才更大聲了。
我回頭看著校園。
學生都放學回家了，校園內有很多大水窪，沒有半個人影。
神田每天都看著這片景象。每天。每天。
神田爲什麼選擇這個位置？
如果要避雨，可以去南校舍外側樓梯下方，北校舍的逃生口，還有窯燒房的雨遮下。
我看著曾經映入神田眼簾的景象，雨滴宛如一道簾子擋在我面前，我隔著雨簾繼續注視著。
南校舍的牆上掛著時鐘，方便學生來學校上課，或是在校園玩的時候看時間。從這裡可以正面看到那個時鐘，時鐘下方寫著「提前五分鐘行動」。
我終於知道了。
神田在看這個時鐘，一心想著等到五點，就可以回家了。
神田每天在這裡等到五點。
如果他提前五分鐘行動，就會挨父母的罵。所以每天都等到五點整才回家。
被風吹在一起的櫻花樹葉聚集在腳下的沙坑裡，在這片樹葉海洋中，浮現了一座小小的沙堆島。

即使天已經黑了，時鐘仍然沒有指向五點。

那是神田昨天堆的沙堆，他在等待時針指向五點之前，堆起了這個沙堆。

我跑了起來。

神田一定在等待，他在等我去找他。

那輛改造車停在公寓的停車場。那個男人在家。

我來到神田家門前，終於停下了腳步，調整急促的呼吸。我從學校一路跑來這裡。

門旁的牆邊放著學校的黃色雨傘。之前我希望下次下雨時，神田不要被雨淋到而留下的雨傘，我的心願留在那裡。

我按了玄關的門鈴。

門鈴沒有聲音。

我又按了一次。

門鈴啞巴了。

這個門鈴壞了，這個家拒絕和外界的聯繫。

我是一個不稱職的老師，無法拯救班上的同學，當然更不可能拯救世界。
但是，也許我可以拯救這個孩子。
這是我目前唯一能夠做到的事。
我握緊拳頭，鼓起勇氣敲門。

美人胚子

我不知道這個公園的名字，雖然並不叫貓熊公園，但其他媽媽都叫它貓熊公園。

陽菜的媽媽告訴我，聽說以前這裡有貓熊。說完之後，她笑了起來，不可能有這種事吧。

公園入口低矮的石門上寫著烏之谷公園，要唸「Ka-ra-su-ga-ta-ni」？還是「ka-ra-su-ga-ya」？我不知道該怎麼唸，所以只好跟著其他人一起叫貓熊公園。

今天也是晴空萬里的好天氣，這一陣子漸漸帶來涼意的風也停了，陽光直射地面。

公園周圍的道路上有不少行色匆匆的人快步走向車站，也有不少車來車往，但這個公園宛如一間溫室，時間流逝得特別緩慢。

因爲公園內只有還無法上幼稚園的幼童和他們的媽媽，媽媽們都只能配合小孩子的時間節奏。

已經學會做沙子布丁的幸哉不知厭倦地做了一個又一個布丁，沙坑的水泥邊框旁有一整排沙子布丁。他的媽媽坐在水泥邊框上，正在哄才六個月大的結愛，見狀慌忙站了起來，把那裡的空間讓給握緊了布丁杯，無言地望著她的幸哉。

「啊喲，對不起啊。」

爲了陪哥哥輝輝來玩，被媽媽放在嬰兒車上一起來公園的陽菜，不停地把媽媽遞給她的心愛玩具——喇叭型的手搖鈴丟下嬰兒車。嘎沙。手搖鈴發出輕微卻刺耳的聲音，掉落在乾燥的沙地上。

「啊喲啊喲。」

陽菜的媽媽撿起手搖鈴，交給陽菜。陽菜接過之後，又丟在地上。嘎沙。

「陽菜，不可以這樣啊。」

陽菜每次從媽媽手上接過手搖鈴，就立刻丟在地上。嘎沙。她從昨天開始，就不厭其煩地在玩這個遊戲。陽菜媽媽在和我聊雞蛋過敏的事，一次又一次地撿起來。嘎沙。

我努力注意讓自己不要皺眉頭，不時地附和著陽菜媽媽。嘎沙。

嘎沙。嘎沙。嘎沙。嘎沙。嘎沙。嘎沙。嘎沙。嘎沙。嘎沙。

公園內，一切以小孩子爲尊。媽媽們都像是那些個子還不到自己膝蓋的小孩子的侍從。

媽媽們的臉上總是帶著笑容，溫室內到處都是笑聲。

所以，我也笑容滿面。因爲我一直面帶笑容，所以彩乃愛上了公園，卻不喜歡回家。

我心裡很清楚。

雖然結愛的媽媽、幸哉的媽媽、理惠的媽媽在這裡都笑嘻嘻的，但是，一旦回到家，只要小孩子不乖，就會賞他們巴掌。

尤其是輝輝和陽菜的媽媽，她的笑容未免太假了。

「陽菜眞是讓人傷腦筋。」

陽菜媽媽撿起陽菜已經丟了一百次的手搖鈴笑了起來。陽菜已經丟了一百次，她還可以面帶笑容。

「小孩子就是喜歡丟東西。」

我也跟著笑了起來，把笑容貼在臉上。

嘎沙。陽菜第一百零一次把手搖鈴丟在地上。陽菜媽媽再度撿了起來。嘎沙。陽菜第一百零二次把手搖鈴丟在地上。

「以前彩乃也經常這樣。」

我當了媽媽後很會說謊，其實我根本不允許彩乃丟第二次。當了媽媽之後，我知道一次和兩次之間有多大的差異。

一旦回到家，妳也會打陽菜吧。一旦走出公園，去車站前的超市買完菜，走進有自動門禁系統的公寓大門，打開位在四樓的房間門，一走進玄關，關上門，妳就會用巴掌侍候她吧。

快中午了。

那是溫室的門打開的時間。

溫室的門一旦打開，滿面笑容的花朵紛紛離開。失去了溫室的溫暖，花朵的溫度也急速降低。

我也希望自己可以整天面帶笑容。

陽菜的媽媽是這些溫室花朵中最粗俗的。

她一身優衣褲幾年前的舊款衣服，從刷毛外套上的毛球來看，至少穿了五年。溫室內只有她不穿馬靴，穿了一雙褪色的球鞋。嬰兒車也是輝輝以前坐過的、已經快褪色的深藍色康貝牌。毯子用的是買土司麵包集點送的刷毛薄毯，裝玩沙子工具的條紋圖案包，也是很久以前「Mister Donut」的贈品。

「要不要去買菜？」

我正在整理玩沙子的工具時，她用熟絡的聲音問我，好像我理所當然要和她一起回家。

「我也不知道欸。」

我不置可否地回答，撿起塑膠咖啡杯，她完全沒有察覺我的想法，笑著探頭看著我。幹嘛把臉湊這麼近！

「今天點數是三倍喲。」

那又怎樣？我在心裡嘀咕，但還是抬起頭，露出驚喜的表情。

「是嗎？那就非去不可了。」

「土司也很便宜。」

「我昨天買過土司了。」

「昨天？那就虧大了。土司一定要星期二買，山崎麵包店的土司要星期四去買，富士麵包店是星期二特價。」

我當家庭主婦已經三年，還是無法適應這種為了一圓、兩圓斤斤計較的家庭主婦行為模式。

「媽媽，我要和輝輝一起回家。」

彩乃跟在輝輝身後爬上滑梯，對著我大叫著。她玩了沙子後，讓我整理玩具，自己卻悠然地玩了起來。

「好，可以啊。」

我不能輸給身旁面帶笑容的陽菜媽媽，笑著點點頭。每點一次頭，身體內的髒水就漸漸累積。

「彩乃很活潑，眞好。」陽菜媽媽說，「輝輝做事拖拖拉拉，多虧彩乃和他當朋友，等於在順便幫我教他。」

「沒這回事，輝輝很乖，我才羨慕呢。」

彩乃只有出門的時候才會主動和我說話，但仍然和我保持距離。

雖然我心裡很清楚，但被陽菜媽媽稱讚，心裡還是有點喜孜孜的。

「她是個美人胚子。」

陽菜媽媽看著頭朝下從滑梯上滑下來的彩乃，繼續說道。

「這個字眼聽起來好老套。」

「咦？漂亮可愛的小女孩不是叫美人胚子嗎？」

「現在沒人這麼說了啦。」

「落伍也沒關係，妳也是美人胚子啊。」

「才沒有呢。」

「難以相信妳和我同年，眞是太羨慕了。」

我也無法相信。

但是，這種話我絕對不會說出口。

「沒這回事。」

最後，我們一起走出公園。陽菜媽媽推著陽菜坐的嬰兒車，輝輝走在她身旁，彩乃和輝輝牽著手。我和陽菜媽媽一邊走路，一邊聊天，所以，我和彩乃之間隔了三個人。我心裡很清楚，彩乃總是用這種方式和我保持距離。

我們在超市買菜時，彩乃和輝輝在車站前廣場的樹叢旁玩躲貓貓。我只好又拿了一包昨天已經買過的土司。

「妳也買了？」

陽菜媽媽問。

「對啊，因爲特價嘛。」

我露出笑容，來到廣場上，彩乃還在和輝輝玩躲貓貓。

「回家了喲。」

聽到陽菜媽媽的說話聲，輝輝立刻從紫藤架後方走了出來，但彩乃沒有走出來。

「再玩一下下。」

她知道我在外面不會凶她。

現在已經超過十二點半了，回家後洗手、漱口，吃完午飯，將近兩點才能睡午覺。一旦拖延睡午覺的時間，晚上就會拖到很晚才上床睡覺。

我體內的髒水水位越來越高，笑容幾乎快從臉上脫落了。

「好，彩乃，如果阿姨抓到妳，我們就回家。輝輝，你幫忙一起抓彩乃！」

陽菜媽媽把嬰兒車留在我身旁，立刻跑了起來。輝輝也跟在她身後。彩乃尖叫著從樹叢後方跑了出來。陽菜媽媽和輝輝追著她在廣場上跑了一圈，來到我們面前時，抓到了彩乃。她腳上那雙紐巴倫運動鞋的鞋底已經磨損。

彩乃被她從身後抱住，呵呵呵地笑著。

「謝謝妳。」

我向陽菜媽媽道謝，但被彩乃的笑聲淹沒，她沒聽到。

彩乃一臉雀躍地牽著輝輝的手走在前面，我爲自己沒有發脾氣鬆了一口氣。來到公寓下方那個沒有遊樂器材的小公園時，彩乃轉頭說：

「陽菜媽媽，我想推嬰兒車。」

「不行，很危險。」

我立刻阻止她。其實我想趕快回家。

「好啊，但只能在公園裡喲。」

陽菜媽媽把嬰兒車交給彩乃，彩乃興奮地推著嬰兒車走了起來。

「眞不好意思。」

「別這麼說，我也剛好輕鬆一下。」

陽菜媽媽笑了起來。向來對嬰兒車不感興趣的輝輝看到彩乃在推，突然也想要推，走到彩乃的旁邊。

「我也一起推。」

「不要，你走開啦。」

彩乃粗暴地把嬰兒車往自己的方向一拉。嬰兒車上掛了剛才在超市買的東西，和沙坑玩的時候使用的玩具，重心很不穩，整輛車和彩乃一起向右傾倒。

「危險！」

陽菜媽媽及時伸出手，嬰兒車沒有倒下，但彩乃跪在地上摔倒了。陽菜嚇哭了。

彩乃立刻轉頭看著我，我好不容易克制住自己想要伸手打她的衝動，一起把嬰兒車扶了起來。

「陽菜，眞對不起。」

「沒關係，反正也沒事。彩乃沒事吧？」

陽菜媽媽蹲了下來察看陽菜的情況後，回頭看著彩乃。我頭也不回地說：

「她沒事。」

這點疼痛對彩乃來說根本沒什麼。

「輝輝，你平時從來都不推，就讓彩乃推嘛。」

陽菜媽媽對輝輝說。

「因爲我想幫忙啊。」

「彩乃，妳就和輝輝一起推嘛。」

我說話時明顯感覺到體內的髒水越積越多。我努力保持語氣不會太凶，但又要讓陽菜媽媽知道我認爲自己的女兒有錯。

陽菜很快就不哭了，彩乃低著頭，跟在我們身後。

我小心翼翼地走著每一步，努力不讓淤積的水溢出來，根本無暇主動尋找話題和陽菜媽媽聊天。

「妳這雙靴子好漂亮。」

陽菜媽媽低頭看著我的仿UGG雪靴說。每次都是她主動找我說話。

「彩乃媽媽，妳畢竟曾經在東京上過班，穿衣服眞的很有品味。」

我們來到公寓的門口。陽菜媽媽檢查信箱時繼續說道：

「我一直是家庭主婦，又是在鄉下長大的，根本就像是老太婆了。」

「哪有這回事？妳老家在哪裡？」
「高知。」
「我老家也是東京的鄉下地方。」
在等電梯時，陽菜媽媽轉頭說：
「彩乃，媽媽這麼有品味，妳眞幸福。」
原本低著頭的彩乃猛然抬起頭。
「我跟妳說喲，媽媽的雪靴和彩乃的雪靴是母女鞋喲。」
「母女鞋嗎？」
「對，彩乃的雪靴在家裡。」
「好棒喲，可以讓阿姨看嗎？」
「嗯，可以啊。」
電梯來了，我們走進電梯。彩乃按著按鍵，讓電梯維持開門的狀態，等待陽菜的嬰兒車推進電梯。
「謝謝，彩乃眞乖。」
彩乃的臉頰紅了。我覺得她很可愛。其實我一直都覺得她很可愛。
我們在四樓走出電梯。走出電梯後，走廊向左右兩側伸展，宛如鳥兒張開了翅膀。陽菜媽媽他們往左，我和彩乃往右。

「明天見。」

我說。

「拜拜。」

「拜拜。」

輝輝揮著手，彩乃也向他揮手。

「下次記得要讓阿姨看妳的雪靴喲。」

陽菜媽媽說。

「好。」

彩乃點頭說。

我沿著走廊走回家，彩乃在電梯前目送輝輝他們離去。我停下腳步，和彩乃保持一段距離，看著陽菜媽媽的背影。

溫室中，只有她會叫自己阿姨。

她是溫室內最粗俗，卻也是最溫暖的花朵。陽菜媽媽總是自貶，不時稱讚我和其他媽媽。

陽菜媽媽把嬰兒車停在家門前的小門廳，抱起陽菜，從牛仔褲口袋裡拿出鑰匙，打開了玄關的門，把陽菜抱進屋內，輝輝也跟著進了屋。門關上了。

那麼粗俗、那麼溫暖的花朵，一旦走進那道門，一定會立刻變得冰冷。這個世界上不可能有人一天二十四小時都溫柔。

唉。彩乃嘆了一口氣。我走向自己的家。彩乃的小腳步聲慢慢跟著我。

我體內的髒水已經開始發出嘩答嘩答的聲音。我的花朵被髒水淹沒、發臭了。

我也來到門前的小門廳，從牛仔褲口袋裡拿出鑰匙，打開了門。彩乃在門外停下了腳步。我體內髒水的水位暴漲。

彩乃一雙小手抱在胸前。這個動作似曾相識，雖然似曾相識，但是……

我對彩乃笑了笑。彩乃不敢正視我，肩膀抖動了一下，抱著手，走進了家門。

我在彩乃身後關上了門。

砰。我最後的笑容隨著這個聲音從臉上剝落。

我覺得無法克制的憤怒其實就是難以忘懷的記憶。

今天從打開玄關走出家門那一刻，到再度打開玄關的門走進家裡、關上門爲止，關於彩乃的一切，我都記得一清二楚。

車站前有很多趕電車的人，她卻在剪票口旁追鴿子，差一點撞到一個穿西裝的大叔；溜滑梯時沒有排隊，輝輝只好禮讓她；在沙坑玩沙堆時，她把沙子丟在美櫻身上；小健向她借水桶，她卻不肯借；玩好沙子後沒有收拾玩具；在車站廣場玩躲貓貓不肯回家；在公寓樓下想要推嬰兒車，結果跌倒了。

彩乃在我的記憶中一下子變大，一下子變小。只要她變大，就會激怒我。她每次變大，我的憤怒就不斷累積。

一關上門，我立刻抓起連鞋子還沒脫的彩乃頭髮，把她丟到客廳的地毯上。這是因爲她去追鴿子。去公園之前，我爲她綁的頭髮散開了，橡皮圈上有著透明的草莓髮飾彈走。我打著彩乃的大腿。這是因爲她弄散了我幫她綁的頭髮。我又打了她另一條大腿。這是因爲她溜滑梯時沒有排隊。我把她踢倒在地。這是因爲她用沙子丟美櫻和不肯把水桶借給小健。彩乃趴在地上，想要保護自己。我踹了她的後背。這是因爲她玩好沙子後沒有收玩具。我又踹了一腳。這是因爲她還沒脫鞋子。然後又補了一腳。這是因爲她鞋上的沙子掉在地毯上。彩乃哇哇哭了起來。我抓著她的手臂，把她拉了起來，捏了她的臉頰。

「吵死了，哭的話，我要再打妳。」

彩乃只發出抽抽答答的聲音。我朝她的胸口一推，她倒在沙發上。她仰倒在沙發上，我打了她的頭。這是因爲她玩躲貓貓不想回家。我又打了一次。這是因爲她推陽菜的嬰兒車跌倒。

「知道了沒？妳現在知道妳不乖會有什麼下場了吧？」

彩乃縮成一團，縮得很小，我幾乎快看不到了。

我爲在沙發上啜泣的彩乃脫了鞋子，每脫一隻鞋子，就打她的腿。她的裙子翻了起來，大腿剛好露了出來。

我去玄關放鞋子。

我把剛才脫下的雪靴和彩乃的球鞋放好，拿起裝了富士麵包店土司的袋子時，視野角落看到了彩乃的雪靴，和我的雪靴一模一樣。

仿UGG的駝色雪靴。彩乃穿上這雙雪靴時，好像這雙雪靴自己在走路，可愛得不得了。

許許多多的記憶。

陽菜媽媽還誇我很有品味。

但是，我猜想她現在也正在打陽菜的手，打那隻一直把手搖鈴丟在地上的小手。

我全都記得一清二楚。

小小的、小小的手。小手伸向大手，卻被大手推開了。小手只是想要牽手而已。當年的小手長大了，如今正在打另一張小臉。

無法克制的憤怒連結了這些難以忘記的記憶。

我全都記得一清二楚。

那時候我還不會自己穿鞋，當我伸出的腳不是媽媽想要幫我穿的那隻鞋子時，媽媽就會打我的腳。

那時候我還分不清鞋子的左腳和右腳，總是不知道該伸出哪一隻腳。當媽媽打我時，我才知道自己伸錯了腳。

我很怕被打，不敢伸出腳。媽媽嫌我動作太慢，反而打得更凶。啪、啪、啪。

我每次都在心裡計算。伸錯腳時總是打四次。

家裡只有媽媽。媽媽總是工作到深夜，白天都在睡覺。每次和媽媽說話，都會被打頭、被踹，或是被香菸燙。

我不知道說什麼會惹媽媽生氣，只有被打時，才知道媽媽生氣了。我盡可能和媽媽保持距離，盡可能不主動和媽媽說話。

稍微長大之後，我發現了媽媽絕對不會生氣的狀況。
那就是我拿一百分的考卷給她的時候。
從小到大，媽媽只稱讚過我一次。
妳是媽媽的女兒，竟然這麼聰明。
我很希望再聽一次。我開始用功讀書，只要我功課好，媽媽就不會打我，也不會踹我，更不會用菸燙我。
媽媽年紀輕輕就死了。她搭了一個陌生男人的車子，男人闖紅燈，兩個人一起命喪黃泉。事後發現那個男人是酒駕。
媽媽的那次稱讚，成爲絕無僅有的一次。
我沒有哭。
彩乃蜷縮在沙發上啜泣。
我和媽媽住的公寓很舊，可以聽到隔壁的聲音。媽媽不許我哭出聲音，所以我很擅長無聲地哭泣。
久而久之，我不再哭泣。
我全都記得一清二楚。
小小的手抱在胸前。爲了保護自己的身體而不時做這個動作，漸漸變成了習慣。

我也養成了計算的習慣。打翻味噌湯時被打了十八次，打破杯子時被打了二十一次。

只要媽媽靠近，我就立刻閃開，總是和她保持距離，就好像磁鐵的S極和S極相斥。雖然在狹小的公寓內要躲開她很困難，但久而久之，變成了習慣。

反正她不可能會抱我，如果離她太近，稍不留神，她就會用香菸燙我。

我只有對一件事沒有記憶。

我拎著超市的袋子走進廚房，在流理台前洗手，把早餐剩下的飯放進碗內，淋上醬油，撒上柴魚片，放進微波爐加熱。

彩乃的午餐是柴魚片飯糰。在做飯糰前，我再度用肥皂洗了手。

撒了鹽巴的手掌很紅。

手掌因爲打了彩乃變紅了。

那是我唯一不記得的事。

媽媽打了我之後，她的手掌到底有多紅？

隔天早晨，彩乃想穿和我一樣的雪靴。

「妳去沙坑玩會弄髒，不可以穿。」

當我說完時，彩乃難得堅持己見，但和站在玄關的我保持一步的距離。
「我要給陽菜的媽媽看。」
「媽媽幫妳買的時候不是說好了嗎？不能穿去公園，會弄髒，而且沙子會跑進去。」
彩乃又退了一步，繼續堅持說：
「但是，為什麼媽媽可以穿？不公平。」
「媽媽是大人，不會弄髒鞋子。」
「彩乃也不會弄髒。」
我就知道會這樣。全都是陽菜媽媽惹出來的麻煩，真討厭她老是說一些不負責任的奉承話。
「那好啊，妳不可以弄髒。」
我蹲下來，拿起一隻雪靴。彩乃興奮地笑著跑了過來，坐在脫鞋處準備讓我幫她穿雪靴，開心地伸出左腳。
我手上拿的是右腳的雪靴。
所以我不想讓她穿嘛。
我用左手打了彩乃伸出的那隻腳的小腿骨。狹小的玄關響起隔著粉紅色牛仔褲發出的沉悶聲音。啪。

彩乃驚訝地抬頭看我。

「另一隻腳啊。」

她慌忙把左腳縮了回去，伸出右腳。當她穿好雪靴站起來時，眼中噙著淚水。

所以我不想讓她穿嘛。

全都是陽菜媽媽惹出來的麻煩。

我伸手越過彩乃的頭，打開了玄關的門，把笑容掛在臉上。

彩乃可能以爲我要打她，身體抖了一下，立刻舉起原本抱在胸前的手抱住頭。她並不是覺得只要把手隨時抱在胸前，被打的時候就可以立刻保護身體，她並沒有特別思考，而是身體自然而然產生的反射作用。

因爲我也曾經經歷過。

如今我知道，當年的我根本沒有做錯任何事，根本沒理由被打。

但是，那時候，我覺得自己是全世界最壞的小孩子。

彩乃踮著腳走去公園。她似乎覺得用寬寬扁扁的雪靴鞋尖踩在金色的櫸樹落葉上很好玩。

「不要這樣走路，雪靴會壞掉。」

我對她說，但因爲在外面，所以她完全不聽話。

「沒關係。」

彩乃繼續踮著腳走路。

我的身體內出現了小水窪。

彩乃低頭看著腳下的落葉，差一點撞上迎面騎來的腳踏車。

「危險。」

彩乃猛然抬起頭，但來不及閃開。戴著耳機、看起來像高中生的少年不耐煩地瞪了我們一眼，擦過彩乃的身體騎了過去。

我體內水窪的水位升高。這些髒水可以培養花朵。

快到公園時，彩乃跑了起來。

「彩乃，早安。」

溫室的花朵立刻發現了她，個個笑臉相迎。彩乃沒有回答，開始找陽菜媽媽。

「陽菜媽媽。」

坐在沙坑旁的陽菜媽媽聽到彩乃的叫聲站了起來。

「妳看，我的雪靴！」

陽菜媽媽用完全不輸給彩乃的音量大聲回答：

「好漂亮的雪靴。」

「和媽媽的一樣，是母女鞋。」

「好棒喲，彩乃看起來像小姊姊。」

花朵們紛紛稱讚，雖然不是自己的孩子，但她們照樣感到高興。

我從彩乃的身後靠近，花朵們也看著我的雪靴。

「眞的是母女鞋，好棒喲。」

「眞羨慕，生女兒就可以這樣打扮。」

「在哪裡買的？顏色好可愛。」

陽菜媽媽說：

「彩乃媽媽眞的好有品味，彩乃，妳眞幸福。」

全都是因爲妳，害我打了彩乃。這句話淡化了我在笑容下浮現的這種想法。

粗俗的花朵仍然穿著有點髒的球鞋，夾雜了很多白髮的頭髮也不染一下，只要動一下，就發出啪沙啪沙的聲音，若無其事地沐浴著陽光。

「彩乃，我們來玩。」

在沙坑玩的輝輝拎著裝了水的水桶站了起來，彩乃看著沾了泥巴的水桶和沾了泥巴的鏟子，忍不住退縮。

「我今天不玩沙子。」

「爲什麼？」

「因爲雪靴會髒掉啊。」

抱著陽菜的陽菜媽媽看著兩個三歲小孩的對話，忍不住笑了起來。

「輝輝眞不懂女生的心啊。」

大家也都笑了起來。笑容的溫暖讓溫室的溫度漸漸上升。

理惠媽媽把自己做的餅乾分給大家吃，有鴨子形狀，還有兔子形狀，有的上面撒了白色砂糖，有的撒了黑色巧克力。

「謝謝。」

「好厲害，看起來好好吃。」

花朵們的歡呼比小孩子更大聲，小孩子都默默圍了過來，伸出小手，好像拿得理所當然。在公園內，小孩子是國王。

我有教過彩乃，接受別人的東西時，一定要說謝謝。但是，彩乃也和輝輝站在一起，默默對著理惠媽媽伸出了手。又增加了一個難以忘懷的記憶。
幸哉和友哉兄弟開始搶巧克力的熊熊餅乾。友哉踢著緊緊握著餅乾的幸哉，幸哉哭了，但仍然緊抓著餅乾不放。
兩兄弟的媽媽平時就整天笑容滿面，這種時候仍然面帶笑容，慢條斯理地勸說著。
「友哉，不能踢弟弟。你是哥哥，把餅乾給弟弟嘛。」
「但只有一個熊熊餅乾啊。」
友哉也哭了起來。理惠媽媽滿臉歉意地道歉：
「對不起，我應該多做些熊熊餅乾。」
「別這麼說，是我兒子太任性了。友哉，不是還有鴨鴨餅乾嗎？」
友哉媽媽甩了甩一頭飄逸的長髮，從容地笑了笑。高挑的她蹲了下來，和小孩子的視線保持相同的高度，慢慢地和他們說話。
「友哉媽媽眞的沒脾氣。」
陽菜媽媽說，其他花朵紛紛點頭。
「她應該從來不會發火。」
我也點著頭，心裡卻想著絕對不可能有這種事。就連我也會打小孩。因爲從小挨了很多打，所以現在也經常打女兒。
在衆多花朵的注視下，友哉伸手拿了剩下的鴨鴨餅乾。
「哇，好乖喔。」
「不愧是哥哥。」
花朵們一起拍著手，也有的花朵摸了摸握著鴨鴨餅乾的友哉的頭。友哉的臉紅了。
幸哉似乎突然感到羨慕，把手上的熊熊餅乾遞到友哉面前。
「我不要了。」
「爲什麼？」
「我不要了，哥哥，給你。」
幸哉媽媽再度蹲了下來和幸哉說話。經過她一番溫和的說服，幸哉終於拿著熊熊餅乾，坐在櫸樹下的長椅上。
「他不管什麼事都想和哥哥一樣。」
幸哉媽媽站起來笑著說。
小孩子們都排排坐在長椅上，他們的手很髒，所以都由媽媽幫他們打開餅乾袋，放進他們的嘴裡。櫸樹的葉子飄落在小孩子的身上。

友哉已經滿四歲了，自己打開了用金線綁起的餅乾袋。幸哉看了，也想要自己打開。即使他媽媽在一旁勸阻，這次他就是不肯聽話。媽媽蹲在他面前和他說話，他不顧一切地用力扯開金線，塑膠袋扯破了，熊熊餅乾掉在地上。

「啊，三秒內撿起來還可以吃。」

不知道誰立刻叫了起來，但剛才幸哉一直握在手上，已經開始融化的巧克力沾滿了沙子，三秒法則已經不適用了。

啊啊。花朵們都在各自的腦海中嘆息。

「我不是說了嗎！」

幸哉媽媽對著幸哉發出充滿怒氣的尖銳聲音。

啊?!正當花朵們感到驚訝時，幸哉媽媽抓著幸哉的肩膀搖晃起來。

「我不是說了嗎?不要什麼事都想要學哥哥!」

幸哉被他媽媽用力搖晃著，嗚嗚地哭了起來。

「你現在還不行!沒辦法和哥哥一樣!」

嗚、嗚嗚、嗚嗚、嗚嗯。幸哉的身體被媽媽搖動時，他媽媽的長頭髮也跟著搖晃，他的哭聲也一起發抖。

溫室凍結了。

友哉在一旁若無其事地吃著鴨鴨餅乾，似乎對眼前的情況並不陌生。

最先回過神的是幸哉媽媽。她猛然放開幸哉的手，巡視著鴉雀無聲的溫室。

我就知道。

我暗自鬆了一口氣，搞不好忍不住笑了起來。

「幸哉每次都這樣。」

幸哉媽媽餘怒未消地嘀咕，但沒有人回答。只有友哉在吃餅乾，其他小孩都停了下來，看著哭得喘不過氣的幸哉。

「對不起，浪費了妳做的餅乾。」

理惠媽媽慌忙搖著手。

「沒關係啦。」

理惠媽媽說完後，花朵們從幸哉媽媽身上移開了視線。這種時候，小孩子最好用了。花朵們不顧兒女的嘴裡還有餅乾，掰開餅乾，塞進他們的嘴裡，或是爲他們擦拭根本沒髒的嘴角，整了整原本就戴得很好的帽子，在尷尬的氣氛中殺時間。

沒錯。花朵們之所以感到尷尬，是因爲她們平時也都這麼做。

我巡視著低著頭的花朵們。

「眞的會很生氣。」

只有一朵花沒有低頭，臉上帶著笑容。

「老二眞的什麼都想有樣學樣。」

陽菜媽媽說。

「不過，幸哉媽媽很了不起，妳都會讓幸哉去嘗試，像我怕他們把家裡弄髒，所以就不讓他們嘗試。妳很了不起。」

我可以感受到溫室的溫度驟然上升。花朵們紛紛抬起頭，陽菜媽媽的這番話宛如水分，讓她們吸收了水分，再度抬起了頭。

陽菜媽媽在哭得臉都花了的幸哉面前蹲了下來。

「幸哉，你是不是也希望像哥哥一樣厲害，什麼事都會做？」

陽菜媽媽站了起來，站在幸哉媽媽身旁，抬頭看著她說：

「幸哉媽媽，妳身材這麼好，幸哉以後一定會長得很高，眞讓人羨慕。」

陽菜媽媽的個頭只到幸哉媽媽的肩膀。

「希望輝輝以後不會像我這麼矮。」

幸哉媽媽終於露出了笑容。

「但輝輝現在比幸哉高啊。」
「只有現在而已啦。」
我就知道。陽菜媽媽對誰都這麼說。
我很想瞪她，但還是忍住了。
整天只會說一些好聽的話，想要當好人。還不是因爲妳惹的麻煩，害我早上打了彩乃。
花朵們開始聊天，溫室恢復了原來的溫度。
只有我體內的髒水冰冷。

離開公園後，又和陽菜媽媽一起走回家。
雖然同一棟公寓內還有其他媽媽也會帶小孩子去公園，但彩乃和輝輝很要好，我們總是一起回家。今天是星期三，土司麵包沒有特賣，所以不需要又跟著她買土司。
和她一起走在回家的路上，我不由得繃緊神經。
她又要說什麼好聽的話。如果她說好聽的話，我就要嘲笑她。當然，只是在心裡嘲笑而已。

不管我說了幾次，彩乃還是堅持用腳尖走路。因爲她沒有去沙坑玩，也沒有去飲水區，所以並沒有弄髒，但用腳尖走路，雪靴很容易壞掉。

輝輝似乎覺得彩乃踮著腳踩樹葉很好玩，穿著球鞋的他也跟著彩乃踮著腳走路。

「輝輝會學妳，不要這樣走路了。」

「鞋子會壞掉。」

因爲是在外面，即使我一再提醒，她也不聽話。

我顧慮到陽菜媽媽在場，繼續好言相勸，陽菜媽媽在我一旁說：

「彩乃眞的很有創意。」

又來了。她又要說好聽的話了。

「普通小孩子不會想到那麼玩，她應該是藝術家型。」

「沒這回事。」

反正她逢人就說相同的話。

「輝輝每次和彩乃一起玩就很開心，因爲輝輝完全沒有創意。」

「沒這回事啦。」

我才不會受騙上當。

穿越車站前的廣場，彩乃和輝輝開始玩只要踩到柏油路上白線和裂縫，地面就會裂開，他們會掉進地底深處死掉的遊戲。彩乃跳過「停」的白字時，不小心撞到了陽菜的嬰兒車。掛在嬰兒車後方的條紋包搖晃起來。

「對不起。」

彩乃跑走了，我代替她向陽菜媽媽道歉。

「沒關係。」

生了孩子後，整天都在道歉。父母總是代替兒女相互道歉。對不起。沒關係。眞不好意思。別這麼說。

彩乃助跑後，跳過一個白色菱形符號時絆倒了。

「彩乃，妳沒事吧？」

陽菜媽媽推著嬰兒車跑了過去。

「沒事。」

這點疼痛對彩乃來說根本不算什麼。

「啊呀呀，壞掉了。」

彩乃站起來時，陽菜媽媽蹲在她的腳邊，把她穿著雪靴的腳抬了起來。雪靴鞋底正中央裂了一個大口。

我早就說了，說了那麼多次。

我體內的水窪泛著漣漪。

「媽媽，對不起。」

我走了過去，彩乃低頭道歉。笑容從我的臉上消失了。

我說了那麼多次。

「只有鞋底稍微裂開而已，可以修好。我有很棒的強力膠。」

陽菜媽媽讓彩乃抓著自己的肩膀，看著雪靴的鞋底說。

「上次球鞋的底掉了，我也用強力膠黏好了，要不要去我家？我幫妳黏。」

她站了起來，站在我旁邊。

太近了。妳站的位置離我太近了。

陽菜媽媽總是和別人靠得很近，總是喜歡探頭看別人的臉。

現在哪有人留瀏海？讓一雙小眼睛看起來更小了，不要用那雙小眼睛來看我。

我無法適應這麼近的距離，稍微退後，她又靠了過來。

她應該從小到大沒被父母打過，無憂無慮地長大。無憂無慮。

我面帶笑容，在心裡罵著陽菜媽媽。

「但是，已經中午了。」
如果繼續和她在一起，我的情緒會越來越惡劣。
「那要不要明天來我家？不然去公園前來吧，我們可以一起去公園？」
爲什麼她這麼喜歡黏著別人？
「謝謝，但是……」
彩乃偏偏在這種時候聽大人說話，她大聲地說：
「我想去輝輝家，我們去嘛。」
「來吧，來吧，那明天來，我等你們。」
在電梯廳道別時，彩乃大聲地說：
「輝輝，明天見。」
我快步走回家裡。
今天有太多理由要打她了。

那個年代，甚至沒有「虐待」這個字眼。
我每天被打。
所以，我以爲我長大之後，絕對不會虐待自己的小孩。

我一直深信，女人無法自立，才會有虐待或是家暴之類的事情發生。
我刻苦用功，申請到獎學金讀大學，大學畢業後，在一家化妝品公司上班。
我覺得只要有工作，即使不結婚也沒關係。
我和客戶公司的人越走越近。他很溫柔。
我不想要孩子。
當我這麼說時，他說沒有關係。
不生孩子也沒有關係，只要有妳陪伴在身邊就好。
所以，我和他結了婚。
結婚後，他說還是希望生孩子。
因爲我很愛妳，所以也想要有一個妳生的孩子。
我猶豫了三年，最後決定生孩子。
不知道是否因爲高齡分娩的關係，醫生說有胎盤剝離的危險，從懷孕中期開始住院。因爲事出突然，工作無法順利交接，只好被迫辭職。
彩乃從小就愛哭。
早上一醒來就哭，天色暗下來時也哭，晚上也會醒來哭鬧。
老公被公司派去泰國。

當初明明是他那麼想要孩子。
老公留下彩乃去了曼谷，他對我的工作能力和育兒能力深信不疑。
在他回國探親前一天，彩乃十個月大時，我第一次打她。
彩乃還不會走路的大腿上，清楚地留下了我的四個手指紋。等手印消失的那三天，我說她有點感冒，所以沒有洗澡，勉強掩飾過去了。
如今，在老公回來的三天之前，我就不再打她，不讓老公知道我打她。
今天打她還沒有問題。
我看著貼在冰箱上的日曆。
還有兩天沒問題。
所以，我打了彩乃。今天有太多事要打她了。我的手掌發紅，手都痳了，手腕也痛了。
這一切都是彩乃的錯。
右手打痛了，再換左手打。奇怪的是，打孩子的時候根本不分左右手，即使不是慣用手，也可以打孩子。她往右逃就用右手打，往左逃時用左手打。但是，現在彩乃已經不逃了，她總是一動也不動地任我打、任我踢。她已經放棄了。我以前也一樣。既然是小孩子，這個世界就無處可逃。而且，因爲自己是世界上最壞的小孩，所以才會挨打。

打完之後，我把她丟到床上，關在臥室裡。

這時，我在衣櫃的角落看到了一個拎包。

那是贈品的條紋包，陽菜媽媽滿不在乎地整天用這個包。因爲我也有相同的包，我知道這個包多好用、多牢固。

但是，我絕對不會使用。

因爲她一定會笑著說，我們用的包一樣。

全都是妳，害我今天又打了彩乃。

豎起耳朵時，可以聽到壓抑的哭聲。

如果不仔細聽，就不會聽到。

所以，不要仔細聽就好了。

就這麼簡單。

今天早晨很冷，天亮之前，就下起了大雨。入秋之後，我第一次打開了客廳的地板暖氣。冬天快到了。

冬天很方便。因爲天氣冷，所以會穿很多衣服，身體不會露出來。彩乃身上被打、被踹、被推到傢俱上撞到、被積木丟的痕跡，統統都會被厚實的衣服遮住。衣服穿得越多，我越可以成爲好媽媽。

「外面很冷喔。」

我一邊說著，一邊爲彩乃的裙子下穿上了厚褲襪。這麼一來，就可以遮住她大腿上被打留下的指痕。

內衣外沒有穿我喜歡的帽T，而是穿上一件高領的T恤和花卉圖案的長版上衣，這樣就可以遮住我用遙控器丟她時，在她脖子上留下的瘀青。

這塊瘀青遲遲無法消失。傍晚去買菜時，她吵著要玩扭蛋，結果回家的時間晚了，來不及看她喜歡的麵包超人。打開電視時，已經在唱片尾曲了，麵包超人在天上飛。彩乃哭了起來。我知道妳想看，所以說要早點回家。我說了好幾次，而且每次都好好跟妳說，我想讓妳回家看電視。最後，我用遙控器丟她。

看到彩乃身上留下的痕跡，我就會回想起當時的憤怒。只要她出現在我面前，就可以惹我生氣。

爲什麼要那麼做？爲什麼要惹我生氣？爲什麼要做那些事讓我打妳？我想要當好媽媽，都是妳害我打妳，都是妳的錯。

我收拾完早餐的餐具，用吸塵器打掃完房間，晾完衣服時，已經十點了。我趕緊化妝，收到了陽菜媽媽傳來的電子郵件。

「我終於打掃完了。隨時歡迎妳們來♡雖然家裡還是很亂💧」

說什麼「隨時歡迎」，根本就是在催我嘛。

我關上了手機。

這時，又立刻收到一封電子郵件。

「早安。我的兩位公主已經去公園了嗎？還有四天。」

老公在出門上班前都會傳簡訊給我。日本和曼谷有兩個小時的時差，此刻的他應該已經穿好衣服，準備出門了。

沒錯，離三個月不見的老公回國只剩下四天了。

「等一下要去輝輝家玩。這裡在下雨，不能去公園，所以剛好去他家玩。」

我回了電郵後，又立刻收到了回覆。

「這裡是大晴天，明明是同一個地球的天空。」

老公很善解人意，也很溫柔體貼，但是，他讓我生了彩乃，一個人去了泰國。他只是溫柔體貼，卻完全沒有幫忙我。老公以爲我和陽菜媽媽是好朋友。我絕對不願意讓老公知道眞相。

我們每隔一天晚上就會用Skype越洋連線，我故意把Skype的影像調得有點模糊，無法拍到我在彩乃身上留下的憤怒痕跡。

這個距離剛剛好。

在老公回來之前，這個瘀青就會消失。

我已經習慣了。

我把彩乃開了口的雪靴放進紙袋，再把老公的老家寄來的、我不太喜歡的甜味仙貝一整盒都放在皮包的最上面，走向玄關。

幫彩乃穿鞋子。我拿了左腳，她卻伸出右腳。已經沒時間了，陽菜媽媽已經在等我們了。

我打了彩乃的腳，她慌忙縮起右腳。被打就縮起腳，被推就倒，被踢就蜷縮。我以前也這樣。每個人都一樣。

彩乃默默伸出左腳。撕開魔鬼氈，腳伸進鞋子，然後又黏上魔鬼氈。

打開玄關的門，把笑容貼在臉上，關上門。

日復一日的重複。出門，回家。吃飯、消化、排泄，然後再吃。生氣，打孩子，然後再生氣。

走在走廊上時，彩乃和我保持三步的距離。

我以前也一樣。一切都在重演。

如果一開始什麼都不做，就不會有這種感覺了。

早知道不該生孩子。

沒錯。媽媽不應該生孩子。

不應該生下我這種孩子。

陽菜的家在電梯廳另一側的第七間。

走在走廊上時，看著外面的雨。隔著雨簾看到的山丘上，有一所小學。每天早晨，小學生就在公寓樓下集合，一起去上學。彩乃和輝輝不久之後就要上幼稚園，從幼稚園畢業後，就會一起就讀山丘上的小學。即使可以讀不同的幼稚園，但無論如何，都要讀同一所小學。這棟公寓的貸款還要再繳二十八年，我要繼續和陽菜媽媽相處多少年？

雨從高空不停地落下，整個城市都被雨包圍了。

我身在雨的深處。六層樓的公寓、視野所及的那片密密麻麻的房子，都沉在雨的深處，就連位在高處的山丘上的小學校舍，也無法露出水面。

我抬頭看著蒼白的天空。水面很遙遠。我帶著沉重的心情，逐一走過六戶鄰居的家門口。

這棟公寓的賣點就是在每戶玄關前都設計了一個小門廳，我打開陽菜家門廳的門，站在玄關的門前。彩乃踮著腳想要按對講機的門鈴，我不發一語地伸手制止了她。

我豎起耳朵，從傳入耳朵的所有聲音中細心捕捉。

我試圖捕捉陽菜媽媽斥責陽菜的聲音，捕捉她對輝輝破口大罵的聲音，來不及整理房間或泡茶而發出手忙腳亂的聲音。

每當受邀去其他媽媽朋友的家時，我總是在玄關的門前豎起耳朵。

每次都可以聽到咄咄逼人、心浮氣躁的聲音，聽到大人把小孩子當出氣筒的聲音，聽到誇張的嘆息和咂嘴聲。

果然並不是只有我是雙面人。

即使看起來那麼溫柔婉約的人，在家裡時也一樣。

於是，我終於可以放心地按門鈴。

但是，我今天沒有捕捉到類似的聲音。

是因爲隔音太好了？還是知道我們要來，所以已經進入了戒備狀態？

沒錯，一定就是這樣。

「可以按了嗎？」

彩乃終於忍不住問。

「可以了。」

彩乃踮著腳按了門鈴，門內傳來從走廊跑過來的腳步聲。答答答答答答。輝輝來開了門。他穿著襪子，踩在門口的水泥地上。抱著陽菜的陽菜媽媽也跑了過來，在輝輝身後探出頭，完全沒有責罵輝輝。

「歡迎啊，輝輝和陽菜都等不及了。」

我知道。但是我的心裡很清楚，她的這張笑容是什麼時候貼到臉上，因爲我也在前一刻，在家門前貼上了笑容。

雨一直下個不停，沒有停止的跡象。

「太好了，今天要不要在我家玩？」

「可以嗎？」

我早就打算今天要留在這裡玩。雖然和陽菜媽媽在一起會心煩，但和彩乃單獨在家更讓我窒息。

「當然啊，而且我今天終於開了地板暖氣。」

「啊，我家也是。」

「妳也開了嗎？」

一踏進玄關，我們就不停地聊天。爲彩乃脫鞋子、脫下自己的鞋子、把脫下的鞋子放好，穿上陽菜媽媽準備的拖鞋，沿著走廊走進客廳時，我們一直都在聊天。

彩乃和輝輝一下子就不見了，他們跑去放在客廳的麵包超人滑梯旁。滑梯旁放了一張正統的小型彈翻床，只能承受小孩子的體重。彩乃最喜歡彈翻床，她溜了三次滑梯後，立刻在彈翻床上跳了起來。噗登、噗登、噗登。

我發現自己又開始計算次數，趕緊搖了搖頭。

「這是別人送我的，眞不好意思。」

我隔著吧檯，把帶來的仙貝遞給她。

「妳幹嘛這麼客氣。」

「別這麼說，妳就收下吧。」

「那麼一大包，謝謝妳。我等一下拿出來大家吃。妳想喝咖啡還是紅茶？」

「妳不用忙了。」

「咖啡好嗎？」

「但是妳不是還在餵奶嗎？紅茶就好。」

「妳眞的不用忙了啦。」

在我們說話時，彩乃已經流汗了，她把厚褲襪脫了下來。

「啊呀，妳不要脫掉了。」

「但是很熱啊，而且滑滑的。」

站在吧檯內側的陽菜媽媽也支持彩乃的意見。

「是啊，玩的時候還是脫掉比較安全。」

我回頭看著仍然穿著那件毛球刷毛外套的陽菜媽媽。

不用擔心，這麼遲鈍的人應該不可能會發現。不光是外套穿到起了滿身的毛球，她會挑選這種鮮黃色的品味，就讓人不敢恭維。

我把彩乃脫下的厚褲襪折好，在彈翻床上跳上跳下的彩乃左腿上有我的指痕，每當她蹦跳，裙子翻起來的時候，就可以清楚看到。

我也打了她的右腿啊，果然是右手的力道比較大。

陽菜媽媽把紅茶倒在仿則武瓷器的紅茶杯中，放在茶碟上一起端了過來。

「好高級喔，用馬克杯就好了啦。」

「偶爾也要高級一下，但小孩子只能用塑膠杯。彩乃，要不要吃點心？」

「要。」

陽菜媽媽把巧克力碎片餅乾和我帶來的仙貝，和裝了蘋果汁的粉紅色、藍色塑膠杯放在另外一張小桌子上。

彩乃和輝輝分別從滑梯和彈翻床上跳了下來，跑到桌子旁。陽菜爬著跟在他們身後。

「陽菜越來越會爬了。」

「很傷腦筋啊，她到處爬來爬去，經常被輝輝踩到。」

輝輝滿身大汗，開始脫身上的運動衣。

彩乃也跟著脫下長版上衣。

「彩乃的這件上衣眞可愛。」

原本以爲她只脫上衣，沒想到她開始脫高領T恤。

「彩乃，這件不能脫。」

「但是很熱啊。」

「脫了就只剩下內衣了，不是很害羞嗎？」

「不會害羞。」

「沒關係啦，讓她脫吧。輝輝也只穿內衣。」

陽菜媽媽又開始說這種不用大腦、不負責任的好聽話。我內心的髒水激烈起伏。

妳不要再惹事生非了，閉上嘴巴，別再讓我心煩了。

小孩子還可以用打一頓的方式讓他們聽話，但恐怕很難讓他人如我們的願。

彩乃在陽菜媽媽的笑容鼓勵下，脫下了高領T恤。

雖然下著雨，但隔著窗戶的日光下，彩乃脖子上的瘀青清晰可見，我忍不住嚇了一跳。

「這下涼快了，你們這對內衣小情人。」

陽菜媽媽笑著說。

不用擔心，陽菜媽媽毫不在意公園溫室內只有她穿球鞋，穿著滿是毛球的刷毛外套，拎贈品包包，她不可能會發現彩乃身上的異狀。

我重新坐好。

彩乃和輝輝一起喝果汁、吃餅乾，不一會兒，就離開桌子，再度玩了起來。

陽菜抓著滑梯，隨著彈翻床的起伏搖晃著身體，開心不已。

「太好了，終於可以有空慢慢喝茶了。」

陽菜媽媽說著，拿起茶杯喝了起來，但我覺得她的目光好像停在和輝輝拉著手，在彈翻床上一起彈跳的彩乃的大腿，停在彩乃每次跳起後，就會翻起的裙子下方。

早知道今天應該讓她穿牛仔褲。

「這種餅乾眞好吃，在哪裡買的？」

我努力吸引陽菜媽媽的目光。餅乾裝在山崎麵包送的白色盤子上。我猜想她家應該有十個這種盤子。

「這是我媽經常帶來的。」

「咦？妳娘家不是在四國嗎？」

「對，不是我媽啦，是我婆婆。」

「原來妳老公的老家在這裡。」

這種事根本無關緊要。

我把紅茶杯拿起放下，拿起又放下，她說話時我聽，再說話時繼續聽，努力避免她的目光移到彩乃身上。

這時，一個海綿球飛了過來，打中了我拿著紅茶杯的手。杯子掉落在地上，開始變涼的紅茶和摔破的茶杯四濺。

他們不知道什麼時候開始用海綿球棒和海綿球玩起了打棒球遊戲，彩乃愣在那裡，仍然做出投球的姿勢。輝輝手上拿著球棒，應該是他沒打到彩乃丟的球。

海綿球打到我的手後彈了出去，滾到在一旁扶著東西站立的陽菜腳邊。

我站了起來。我只是站起來而已，沒想到——

「對不起對不起對不起。」

彩乃大聲叫喊著，用雙手抱著頭蹲了下來。

「對不起對不起對不起對不起對不起。」

客廳的氣氛凝結了。只有我的襪子被溫熱的紅茶弄濕了，感覺很溫暖。

我早就知道會有這麼一天。

總有一天，所有的事都會曝光。

「這孩子眞誇張。」

我還是努力掩飾，陽菜媽媽迎面抱住了我。

鮮黃色的身體緊緊抱著我，我老公也從來沒有這麼用力抱過我。

陽菜媽媽夾雜著白髮的頭髮刺到了我努力蒐集笑容碎片的臉上，她的頭髮又粗又硬，刺得我臉都痛了。

「妳以前是不是被虐待過？我也是，所以我能體會。妳也一定很痛苦吧？」

陽菜媽媽一點都不遲鈍，她全都看在眼裡。

她看到了彩乃大腿上的指痕，看到了彩乃脖子上的瘀青，看到了彩乃經常把手抱在胸前的習慣，看到了從公園回家時，彩乃從來不和我牽手，總是和我保持距離。

陽菜媽媽抬起頭，她的一雙小眼睛因為流淚變得通紅。她的雙眼毫不猶豫地看著孩子。

「彩乃，沒關係。你們要玩球的話，可不可以去輝輝的房間？」

彩乃抬起頭。陽菜撿起球，抓著滑梯走了過去，把球遞給愣在那裡的輝輝。

「乁。」

她用自己唯一學會的音，努力傳達自己的想法。

陽菜以為彩乃和輝輝吵架了，就連還不會走路的幼兒也希望看到大家相親相愛，不喜歡看到紛爭，希望大家都是好朋友。

就連一臉若無其事地把手搖鈴丟在地上一百零二次，讓母親彎腰去撿的陽菜也這麼希望。

「陽菜，謝謝。」

輝輝低頭看著陽菜說。彩乃站了起來。

「那我們去我房間玩。」

輝輝牽著彩乃的手走出客廳，陽菜爬著跟在後面。

陽菜媽媽放開了我，她鬆開了抱著我後背的手，她的頭髮發出啪沙啪沙的聲音離開我的臉頰。陽菜媽媽身上的溫暖隨著那團鮮豔的黃色離開了我。

「我爸爸遊手好閒，整天喝酒。」

陽菜媽媽用袖子擦著眼淚，蹲在我的腳下，撿起茶杯的碎片。

「他經常對我拳打腳踢，不給我吃飯，還把我趕出家門。」

我也蹲了下來，開始撿地上的碎片。

「臉上被打出瘀青，他就不准我去學校，因爲擔心被人發現。」

陽菜媽媽停下了手，把臉湊到我面前注視著我，然後撥起了瀏海。

在有不少抬頭紋的額頭上，有一個似曾相識的圓形傷痕。

傷痕宛如一個深洞。

我的手背上也有相同的洞。陽菜媽媽輕輕撫摸著我正在撿碎片的那隻手。

「是不是香菸？和我一樣。」

原來陽菜媽媽全都知道。她知道被菸燙時的疼痛，知道父母難以消除的憤怒留下的痕跡。每次看到烙在自己身上這個難以抹滅的印記，就知道父母討厭自己，自己是全世界最壞的孩子。這是永遠都不會消失的、全世界最壞的孩子的印記。

「附近住了一個鄰居阿婆，每次看到我被趕到門外，就讓我去她家，也讓我吃飯。我爸爸叫她不許讓我去她家，她就陪我一起站在外面。有一次像今天一樣下著雨，天氣很冷，阿婆就緊緊握著我的手說，眞可憐，妳的手這麼冰冷。」

陽菜媽媽停下了手，她用握著茶杯碎片的手，擦了擦流下的眼淚。

「有一次，我爸爸在外面打我，阿婆跑過來抱住了我，對我爸爸說，不要打她，這孩子沒有做錯任何事。」

陽菜媽媽把碎片放在地上後站了起來。

「我去拿抹布，很危險，妳不要動。」

她在吧檯內側擤著鼻涕，在流理台前洗了臉。我哭不出來。媽媽死的時候，我也沒有流一滴眼淚。

「那個阿婆是從朝鮮來的，我爸爸常罵她說，朝鮮人不要多管閒事。聽說以前爲了建造道路和隧道，讓很多朝鮮人來到日本，就是所謂的旅日朝鮮人，只是當時我還不知道這個名稱。阿婆看不懂日文，但說話和我們完全一樣。她告訴我，她女兒死在朝鮮，她說，她讓女兒在像我這麼小的時候死了，所以沒有孫子，一定是上天在懲罰她。可能她在朝鮮的時候發生過什麼事吧。她有一個年紀已經是大叔的兒子，但沒有和她住在一起。」

「現在那個阿婆還在嗎？」

「很久之前就死了，她跳海自殺了。」

我們把碎片丟進陽菜媽媽拿來的塑膠袋時，發出叮的聲音。我們面對面蹲下，把白色碎片丟進塑膠袋。

「對不起，」我終於向她道歉，「打破了妳的杯子。」

「不必放在心上，輝輝也有錯，而且——」

陽菜媽媽抬起頭說：

「我一直想對妳說，我覺得妳承受了很多痛苦，因爲我能體會。如果沒有那個阿婆，我現在也會虐待小孩，不會覺得小孩子可愛。妳不覺得嗎？當我們無法愛自己時，根本不可能覺得小孩可愛。」

陽菜媽媽微微抬起撿碎片的手，握住了我的手。

母親在我手上留下的印記消失了。

「阿婆經常對我說，每次見面都對我說，我是美人胚子。」

陽菜媽媽的手很溫暖。

「所以，我也想對別人說，說別人是美人胚子。我逢人就說，也對自己說。

因爲那是阿婆對我說的話。美人胚子，我是美人胚子。」
這份溫暖一定是來自阿婆的溫暖。阿婆傳給陽菜媽媽，然後陽菜媽媽又傳給了我。
「所以，彩乃媽媽，妳也是美人胚子，千眞萬確。」
臉頰涼涼的。我這才發現自己在哭。
我體內的髒水溢出來了。

轉眼之間，就到了中午。
上午沒時間黏雪靴，陽菜媽媽說，留在她這裡，她會幫我黏好。
彩乃吵著不想回家，陽菜媽媽烤了鬆餅。
「小孩不聽話時，烤鬆餅最有效。」
陽菜媽媽說著，把用鬆餅粉做的鬆餅翻了過來，獨自笑了起來。
陽菜可能玩累了，已經開始睡午覺。
雨，不停地下。
在彷彿籠罩了整個世界的這場雨中，我們身處一個瀰漫著鬆餅香味的房間內，完全沒有被雨淋濕。

也許我們身處一個小水窪中。

那是從小被禁止哭泣的我，流下的眼淚所形成的眼淚水窪。

無數小房子、這棟六層樓的公寓和山丘上的小學都沉入水窪底，我們也許是在這個水窪底哭泣和歡笑。

此時此刻，公園內的櫸樹葉被雨打落，把長椅染成了金色，把昨天小孩子們排排坐的長椅染成了金色，只是沒有人看到。

吃完鬆餅後，彩乃不再吵鬧，穿上衣服，走向玄關。

輝輝依依不捨地送我們到玄關。

彩乃坐在脫鞋處，看了看自己的腳，又看了看我手上的鞋子，遲疑了一下，伸出右腳。我手上的鞋子是左腳。

我把手上的鞋子放回地上，拿起右腳的鞋子，穿在彩乃伸出的右腳上。不安地看著自己腳的彩乃猛然抬起頭，看著我的臉笑了。

美人胚子。

彩乃和我都是美人胚子。

我有預感，有朝一日，會發自內心地這麼覺得。

騙子

當我說自己開業後，很多差事都會找上門。

在我家設立兒童緊急救援站。當了三屆自治會的理事、兩屆兒童會會長。幼稚園的父母會會長。小學的家長會會長又當了兩年。

長子優介今年度小學畢業，我以爲可以從此卸下重擔，沒想到女兒美咲還在讀小學，所以又被校方拜託續任一年。美咲今年讀四年級，看樣子還有兩年才能輕鬆。

我把父母在車站前的出租公寓重建，在那裡開了一家土地房屋調查士事務所至今已經十五年。雖然離私鐵的車站很近，但離橫濱車站很遠，所以是一片寧靜的住宅區。老人住在獨棟的老房子內，年輕家庭搬進了公寓和新建的透天厝，所以附近有很多小孩。東海道新幹線也從旁邊經過。

那種地方居然可以住人。父親總是這麼說，他並不是因爲擔心受到新幹線的電磁波影響。父親家連續幾代都是這一帶的地主，老家在離車站有一段距離的山丘另一側。

這一帶目前稱爲櫻之丘，但在父親那一代之前稱爲烏鴉谷，地名是「烏之谷（u-ga-ya）」。建新幹線時把山鏟平的泥土，以及當時的產業廢棄物把山谷塡平後變成建地，是一個新興住宅區。

在我拆除公寓整地鑽探地質時，除了柏油路面碎塊和瓦礫以外，還發現了電線桿。電線桿直直地埋在地底，挖了很深都無法拔出來，至今仍然埋在地底。於是我知道這裡的地質很脆弱，特地多花了三百萬補強地基。

我決定在自宅兼事務所完成後就結婚，發現這件事後，提心吊膽地對當時的未婚妻MIKI提了這件事，她哈哈大笑說：

「在電線桿上過日子，簡直就像是馬戲團，太有意思了。」

在法律事務所上班的MIKI也投資了一半的費用。我當時很感謝她的貼心，結婚後才發現，那是她的眞心。MIKI表裡如一，所有舉動都出自眞心。

土地房屋調查士的主要工作就是申請不動產登記等相關業務，因此需要測量土地和調查建物。雖然是保護民眾財產的重要工作，但和其他證照相比，知名度較低，別人經常把我們和測量師、建築師和代書混淆，甚至有人誤以為我開的是承包建築物耐震補強工程的公司，打電話要求我們調查房子的安全性。在我報考證照之前，就連我父母也不知道這個世界上有土地房屋調查士這個行業。

即使我掛上寫了自己名字的招牌，剛開始時也完全沒有工作上門。於是我先著手整理父母的土地界標和分筆登記。父親樂不可支，發現了這項工作的重要性，向其他地主和親戚推薦。我的工作量也因為口耳相傳逐漸增加，如今已經不需要自己出門拉生意。MIKI也辭去了法律事務所的工作，在事務所協助我的工作。

優介和美咲都學會認字後，很納悶地問：

「爲什麼爸爸的名字會寫在招牌上？」

當我告訴他們後，優介對美咲說：

「土地房屋調查士事務所，美咲，妳唸三遍看看。」

「土裡房屋吊飾事務所。」

還在讀幼稚園的美咲好不容易唸了出來。

「不對，是土地房屋調查士事務所土地房屋調查士事務所土地房屋調查士事務所。」

優介把父親的職業當成了繞口令。

「爸爸的工作好難喲。」

美咲用一雙得自MIKI眞傳的大眼睛望著我，我詞窮了。

優介是四月一日出生的。

優介出生後我才知道，四月一日出生的孩子剛好擠進前一個年度。不知道爲什麼，從四月二日開始，就可以晚一年進小學。

所以，優介在同年級的學生中，是最晚出生的孩子。

這個事實令我震驚，但打電話去MIKI的娘家報告孩子出生的消息時，MIKI媽媽的反應更讓我錯愕。

「你別以爲我不知道今天是什麼日子，別想要尋我開心。」

她放聲大笑著說。

我在電話中聽到MIKI的父親也跟著一起笑。

我之前就覺得MIKI的家人都是樂天派，或者說有點脫線，沒想到竟然會這麼誇張。雖然優介的確比預產期早出生，但他們應該知道家裡的長孫即將誕生這件事。

我告訴MIKI這件事，剛換到個人病房的她也放聲大笑，被護理士厲聲制止了。

「他選了好日子出生，搞不好可以變成天才大騙子。」

聽到MIKI開心地這麼說，我覺得她們母女還眞像。

最後，由我的父母打電話通知，他們才終於相信是眞的，我的岳父、岳母特地從埼玉縣趕來看外孫。

在同年級的同學已經開始學會走路或說話時，優介才出生，所以要跟上大家的腳步很吃力。

去公園時，各種不同年紀的孩子都在一起玩，但進入幼稚園後，就會明顯發現他是班上個子最矮小的學生。

他無法跟著大家一起排隊，或是坐太遠時聽不到老師說話，所以都享受到所謂的「小優規則」——優介不需要排隊，可以隨時在老師旁邊。

教學參觀日時，其他學生都面對坐在黑板前的老師聽課、唱歌，所以，站在教室後方參觀的家長看不到自己孩子的臉，卻可以清楚地看到優介的臉，因爲優介坐在老師身後的位置，就像老師揹了一個背包。

「那是小優的特別座位。」

聽到其他的家長這麼說，我拚命低頭道歉。MIKI聽了，再度放聲大笑說：

「小優眞佔便宜。」

我聽了忍不住捏一把冷汗。

因爲MIKI是這種個性，所以我向來不敢讓她一個人去參加教學參觀日或是懇談會，總是千方百計挪出時間親自出席。如果只有MIKI一個人去，別人一定會說，大人沒教好，所以小孩子才會這樣。

也許在旁人眼中，我是一個寵愛兒子、整天不做正事的父親，所以就推派我擔任各種職務。

優介在家時黏著MIKI，在幼稚園和學校時黏著老師，在幼稚園和學校看到我時似乎特別高興，所以都會特地跑過來。雖然我是自己當老闆，要挪出時間以理事的身分去參加學校的活動並不是一件容易的事，但看到他朝我飛奔過來，就覺得一切都值得了。

但是，在我參加幼稚園的運動會或是典禮時，面對小朋友站在台上時，會場一片安靜，聽到優介指著我大喊：「他是我爸爸！」時，我真的說不出話了。其他家長竊笑著，其他小朋友知道必須安靜，所以不敢說話時，優介用比剛才更大的聲音，而且搖著不說話的小朋友肩膀一再重複：「你知道嗎？他是我爸爸啊！」

我無可奈何，只能站在台上用麥克風回答：

「對，我是杉山優介的爸爸。」

所幸在優介升上小學五年級，我擔任家長會長時，即使站在台上，他也不會再大叫了。

優介的小學目前每個年級有五個班級，三十年前，我就讀的時候，每個年級好不容易才能湊到兩個班級，體育館也只有現在的一半大。站在台上往下看時，發現改建完成不久的寬敞體育館內擠了將近一千名學生。優介當然也在其中，只是我不知道他坐在哪裡。

於是我發現，優介也長大了，他被淹沒在許許多多的同學中，不知道坐在哪個位置。被淹沒在其他同學中，就是他成長的證明。

由於經常去幼稚園和學校，所以有機會見到各種不同的學生。

幼稚園的時候，常常覺得優介的個性很獨特，但升上區內學童人數最多的小學後，發現還有更多富有個性的孩子。

有些學生上課時會在教室裡走來走去；有的無法安靜地坐在座位上，不時走出教室；有的學生對老師說的每一句話都會有反應，不停地回應老師；也有的孩子一上課就趴著睡覺。

我很擔心優介會不會變成這樣的孩子，幸好優介可以乖乖坐著上課，只是無法適應運動會的鳴槍聲音，也無法遵從用猜拳決定的遊戲規則。

有一次，班上要用猜拳決定去參加全區音樂會人選，結果優介輸得很不甘心，一路跑回家裡。

「我知道，我知道，這不是靠實力決定，而是因爲猜拳輸了，眞的會很懊惱。」

MIKI緊緊抱著一個人跑回家的優介說。這不是她基於父母的慈愛和理性來安撫小孩子的情緒，而是她的眞心話。

MIKI絕對不猜拳，即使偶爾猜拳，她也必輸無疑。因爲她每次都先出拳頭，所以，我想要輸給她時就出剪刀。即使MIKI已經過了一枝花的年紀，仍然沒有發現這件事，我想她一輩子都不會察覺。

MIKI總是充分理解優介的想法，優介每次發生問題，她都和優介一起哭、一起生氣，所以，每次都由我去向學校的老師、受傷的同學，以及被優介弄壞東西的主人道歉。

「優介不可能做壞事，其中一定有原因。」

MIKI總是這麼說。

優介咬班上的同學那一次，是他想要制止那個同學欺負另一個同學，但那個比他足足大兩圈的同學反擊，他只好咬了對方。

「這是正當防衛，因爲優介太小了嘛。」

上體育課時玩手球遊戲時，因爲有同學請假，優介那一隊人數不足，所以老師好意變更遊戲規則，讓他們那一隊進球可以得兩分。優介無論如何都無法接受，去找老師理論，導致全班都無法上體育課。那天晚上，優介氣得一直哭，連晚餐也沒吃，第二天終於發燒了。

「按照原本的遊戲規則就好了嘛。」

MIKI總是無條件支持優介。

我很好奇MIKI要怎麼說明優介放學路上踢石頭，踢到停在路旁的車子，或是打掃的時候甩掃把玩，打破日光燈這些事，沒想到她說的話也有幾分道理。姑且撇開好惡或是偶有不愼，優介做的事通常都是有原因的。

當我瞭解這件事後，發現在學校格格不入的學生都是因爲有某種原因，才會和團體生活格格不入。

有一個一年級的女生在教室坐不住，在家長會辦公室前的走廊上走來走去。我問她爲什麼不回教室，她回答說：

「因爲太熱了。」

那時候是冬天。我以爲她在胡扯，但走去她的教室後，才知道是怎麼回事。因爲天氣寒冷，所以門窗緊閉，開著取暖器，其他同學並沒有感覺，這個女生敏感地感受教室內的空氣不流通。我和班導師溝通後，安排那個女生坐在門旁的座位，隨時開著教室的門，那個女生就沒有在上課時離開教室。

雖然並非每個人都有明確的理由，但我相信他們一定有我所不知道的理由，才會做出一些奇特的舉動。

MIKI比我更能夠體會小孩子的這種心情，優介有MIKI這樣的母親很幸福。但也可能是因為有MIKI這樣的母親，才會教出優介這樣的小孩。我決定不深入思考這個問題。

我並不討厭這種類型的人，當然也包括MIKI的父母。

因爲優介是這樣的孩子，所以他是在班上的同學——嚴格說起來，都是幾乎快要比他大一歲的同學——幫助下長大。

幼稚園時，其他小朋友都會遵守「小優規則」和他一起玩，當優介擅自離開教室或禮堂時，其他小朋友就會去找他，牽著他的手走回來。

上小學後，坐在他旁邊的女生都會照顧他，當他來不及在聯絡簿上抄寫隔天的預定事項時，旁邊的女生就會用漂亮的字幫他抄寫；當他的工具箱因爲塞滿了沒有帶回家的學習單和垃圾，蓋子蓋不起來時，她們就會幫他蓋好；當他忘了帶東西時，就會借給他。

放長假前，他終於把工具箱帶回家，發現裡面有好幾條女生的手帕和面紙。

原來是坐在他旁邊的女生經常多帶一條手帕，老師在早上檢查時借給優介矇混過關。優介太迷糊，常常忘了還給人家，結果就消失在優介的課桌內，我們稱之爲黑洞。

那一次，MIKI嚴肅地斥責了優介。

「如果被女生討厭，你一輩子都娶不到老婆了。」

MIKI這句莫名其妙的話似乎對優介的內心造成了很大的震撼，之後，他都會乖乖把手帕還給女生。

優介讀的那所小學無論稱呼男生還是女生都一樣，都是在姓氏後面加一個「同學」，名冊也是男女混合名冊。當上理事之後，我曾經問校長這麼做的原因。

「現在的時代男女平等，必須從小教導他們這個觀念。不光是我們學校而已，現在每一所公立小學都一樣吧。」

校長的紅唇展露出微笑。她臉上的粉搽得很厚，頭髮染得漆黑，年紀看起來比我大兩輪。

「老實說，在小學期間，通常都是女生比較優秀，也比較懂事。」

校長補充說。

「眞的很抱歉。」

我忍不住代表所有男性同胞道歉。

不知道是不是因爲學校實施了這種教育方針，學校的男生和女生的關係很好，優介回家時提到的同學，也大部分都是女生。

想當然耳，除了喜歡照顧別人的女生，其他人都避著優介，很少有男生喜歡照顧別人，所以優介經常和女生玩。

不久之後，放學後沒有人再和他一起玩了。升上高年級後，女生都和女生一起玩，男生也都和男生一起玩，而且都是喜歡玩相同遊戲的同學結成小圈圈。

優介很頑固，又不夠機靈，無法加入任何一個小圈圈。以前和他一起玩的鄰居孩子都和自己小圈圈的朋友玩，不再上門來找他了。

幸好在學校時，似乎可以和大家一起玩，所以他很喜歡去學校。

「我以前也沒有朋友，所以書讀得很好。」

從國立大學法律系畢業，也有教師執照的MIKI說。她工作後去考代書執照，只考一次就通過了。

我從私立大學文學院畢業，參加土地房屋調查士考試落榜三次，但有很多朋友。不瞞各位，我去考駕照時，筆試還曾經不及格，連教官都很佩服地說，很少有大學生考不及格的。

雖然我不知道當哪一種人比較好，但身為父母，看到優介每天放學後無趣的樣子覺得很心疼，而且，優介並不像MIKI那麼會讀書。

在我五年級的時候，遊戲機問世了。有些同學迷得不得了，我和附近的一些壞孩子一起頑皮搗蛋。

我們騎腳踏車出遠門，去釣魚，在雜木林的樹上塗黏膠抓鳥，抓蛇回來養，用鞭炮炸青蛙和蜻蜓，用彈弓打麻雀和鴿子，在農田裡打仗，把地瓜苗踩得一片稀爛。

我們有超過十個秘密基地，有一次很想住一晚看看，結果真的睡在公園內的秘密基地內，結果被人報警了。

我最要好的朋友是住在附近國宅的阿基。不知道為什麼，那時候男生之間互稱時，喜歡在名字前面加一個「阿」字。足立叫阿足，山本叫阿山，阿基的名字叫基司，他姓這一帶很常見的杉山。我也姓杉山，阿基是我父親那裡的親戚，但關係很複雜，我至今仍然不知道和他到底是怎樣的親戚關係。

阿基總是和我形影不離。那時候小學剛建不久，但也有兩個班級，所以我們並不是每年都在同一班，但阿基總是笑盈盈地出現在我身旁。

我們一起吃飯，一起洗澡。因爲我們都是獨生子，所以不是他來我家，就是我去他家。

我至今仍然記得阿基家狹小的浴缸，兩個人一起泡澡時，水會嘩嘩地流出去，每次都被他媽媽罵。他家的洗髮精味道也和我家不一樣。

雖然已經是三十年前的事了，但我至今仍然記得當時的味道。

那片國宅越來越老舊，不久之後就要拆除了。當我身爲自治會的幹事去那片國宅察看，爲拆除做準備工作時，對那裡的天花板之低、房間之小感到驚訝。

以前經常和阿基在他家僅有的兩個房間內跑來跑去，玩打仗遊戲。那裡住了很多人，鄰居家裡總是飄來味噌湯和烤魚的味道。

以前我總是叫著阿基的名字跑上去的樓梯已經長滿了雜草，爲了避免可疑人物進出，我和其他自治會的幹事在入口釘上夾板封死了。

五年級的暑假結束後沒幾天，從優介的口中得知有一個轉學生。

「新同學是山崎同學。」

優介介紹得很簡單，我以爲是女生。

「他很高，超高的。」

「比你還高嗎？」

「對啊。」

「那眞的很高。」

MIKI也以爲是女生。照理說，優介應該發現我們和他之間的對話不對勁，但是他當然沒有發現。

幾天後，那名轉學生山崎來家裡玩。那天我們剛好很晚吃午餐，我和MIKI都在家。

山崎比優介整整大了一圈。

「歡迎歡迎。」

MIKI瞪大眼睛說。山崎鞠了一躬。

「打擾了。」

「你是不是比我媽媽還高？」

優介興奮地問。他已經很久沒有在放學後帶同學來家裡玩了。

「阿大，你和我媽媽比誰高，快去比一下。」

山崎站在玄關，優介在他身旁跳來跳去。他似乎叫這個新同學「阿大」。

「媽媽絕對不要比。」

MIKI說，但優介還是拉著MIKI的手走向阿大。

「別鬧了，你媽媽不是說不要嗎？」

阿大把脫在玄關的鞋子放整齊時說。他們兩個人好像兄弟。

「你叫阿大嗎？」

MIKI問。

「對，我叫大貴。」

「你從哪裡來的？」

MIKI發問的方式很奇怪，好像他是從外太空來的。

「宮城的仙台。」

阿大毫不在意地回答。

「我可以叫你阿大嗎？」

MIKI問。

「可以。」

阿大露齒而笑，MIKI也嫣然一笑。

MIKI很喜歡阿大，我也很喜歡他。只要是優介的朋友，我應該都會喜歡。

那天之後，阿大經常來家裡玩。

優介總是在高大的阿大身旁蹦蹦跳跳。他很喜歡跳，開心的時候更是不停地跳，所以我知道他和阿大在一起時很開心。

阿大有時候會帶足球來玩，也會帶棒球手套，有時候會帶遊戲機和遊戲卡，他幾乎每天放學都會來我家。

不知道爲什麼，優介從來不去阿大家玩。

「他媽媽說不行。」

優介告訴我。我問阿大住在哪裡，優介說，在離我家最近那個車站往橫濱方向的下一個車站，阿大就住在車站旁那棟公寓，那裡位在我老家那個山丘的另一側，也幾乎有一個車站的距離，阿大每天騎著紅色腳踏車來上學。

那裡是出租公寓，他們暑假的時候搬來，應該是他父親調來橫濱工作，他也跟著搬來這裡讀書吧，那一帶車站附近出租公寓裡的孩子，通常都是住了兩、三年又搬走了。

即使他的父親沒有被調去其他城市，上了中學後，他們也會分開。那個車站屬於隔壁再隔壁山上那所中學的學區範圍。每天看到優介一臉興奮地說，今天阿大也會來玩，就不由得想到他的這種快樂時光只能持續到小學畢業爲止，暗自覺得他很可憐。

話說回來，很少有家長不讓兒子的同學去家裡玩。根據我的經驗，這種家庭不是極度貧困，就是家裡異常凌亂。偶爾也有住在超級大豪宅中，家裡都是貓腳傢俱、巨大的花瓶或是白色平台鋼琴之類的東西，擔心小孩子會弄壞，所以不允許同學去家裡，但至今爲止，只有遇過一次這種情況。

既然住在那棟出租公寓，不可能是貧窮家庭，而且他們剛搬來不久，家裡也不可能亂得不像話。當然，應該也不可能是豪宅。

況且，阿大個子高大，性情溫和，說話很有禮貌，也很照顧美咲，臉上總是帶著笑容，雖然剛轉學到這所學校不久，但他不和其他同學玩，整天和很孩子氣的優介混在一起也很奇怪。

是不是有什麼問題？

阿大每次來家裡，我都忍不住這麼想。

我和MIKI在事務所工作時，阿大去二樓之前，一定會打開事務所的玻璃門向我們打招呼。

「伯父、伯母，打擾了。」

他的臉上總是掛著靦腆的笑容。

他的笑容背後是否隱藏了什麼？

我目不轉睛地打量著阿大，MIKI無憂無慮地向他揮著手，滿臉笑容，用開朗的聲音說：

「歡迎歡迎。」

「阿大很愛說謊。」

升上六年級後不久，優介在吃晚餐的時候說。重新分班後，他和阿大不在同一個班級，但放學後，他們仍然在一起玩。

「他整天都說謊。」

「他說什麼謊？」

美咲在一旁問。

「他說他媽媽被殺了，殺他媽媽的人變成了他的後母，接下來要殺他，所以不給他吃飯。」

我不由得感到戰慄，手上的筷子差一點掉下來，但MIKI噗哧一聲笑了起來。優介也笑了。

「後母是什麼？」

美咲輪流看著MIKI和優介的臉問道。

「白雪公主的故事裡，她媽媽不是想要殺她嗎？灰姑娘的媽媽也是後母。反正就是後來變成媽媽的人，不是親生的媽媽。」

MIKI仍然帶著笑容說道。

「阿大也會被殺掉嗎？」

美咲很害怕，她似乎在想像阿大被他媽媽逼著吃毒蘋果。

「不會不會，不可能啦。」

優介說。

「他還眞是會說謊。」MIKI語帶佩服地說，「虧他想得出來。」

「他眞的太會說謊了。」

優介再度笑了起來，添了一碗飯。

我吃不下第二碗飯。阿大的笑容背後很可能隱藏著什麼。

每次因爲家長會的工作去學校時，都會和不同的老師聊天，漸漸發現當小孩子有一些奇怪的舉動時，往往除了孩子有問題以外，家長也有問題。

雖然快放暑假了，但有一位年輕男老師今年和去年，連續兩年帶的班都發生了班級失控的問題。那個班級剛好是美咲的隔壁班級，所以也不時從美咲和家長口中得知那個班級的情況。家長會召開了臨時會議，家長希望可以由家長會出面，請那位老師辭職。光聽家長的意見，會覺得那位老師很不適任，但直接和那位年輕男老師接觸後，發現他並沒有那麼糟糕。

他的確缺乏教學經驗，也缺乏教學技巧，但並沒有更嚴重的問題，反而覺得那些吵鬧的學生，以及學生背後的家長有問題。

年輕男老師在某次要求學生回顧自己的成長過程，感謝養育自己的父母的課堂上，要學生帶來嬰兒時期的照片，有一個嚴重排擠班上的同學，幾乎達到霸凌程度的女生在班上大哭大鬧，說自己完全沒有小時候的照片。

還有，上課帶頭吵鬧的男學生在上體育課時扭傷了手指，他的家人完全不幫他換藥，他每天早上去保健室換藥。據說他母親認爲，既然是在學校受的傷，當然要由學校負責照顧。那個學生有三個弟弟，家裡不僅沒有膏藥和繃帶，連OK繃也沒有。

他們在這個世上只活了十年，在學校以外的時間，到底發生了什麼事？也許他們只是在可以安心的學校、在可以安心的老師面前，發出在校外生活累積的吶喊而已。

「美咲，岡野老師今天怎麼樣？」

我問。美咲把剛吃進嘴裡的漢堡吞了下去，回答我說：

「今天也訓話了，叫著大熊同學。岡野老師在發脾氣時也叫他『大熊同學』，所以他才不覺得害怕。」

大熊似乎就是那個帶頭吵鬧的男生。

「但是今天上自然課，結果只有美美一個人畫了水稻。大家都畫牽牛花。」

大家都叫美咲「美美」，她至今仍然用這個名字叫自己。

「爲什麼畫水稻？」

優介問。櫻之丘小學周圍都是住宅，完全看不到農田，所以每一屆的五年級學生都要負責用水桶種瘦巴巴的水稻。

「隨便畫什麼都可以，但水稻只要畫葉子就好，美美覺得畫起來很簡單。」

不知道是不是因爲是老二的關係，還是因爲是女生，或者是天生的性格使然，美咲很機靈，總覺得她用最不費力的方式生存，難以想像她是優介的妹妹。

「妳眞聰明。」

優介不由得感到佩服。

「美美在畫的時候，岡野老師走過來問：一個人不孤單嗎？」

「妳怎麼回答？」

「美美回答說，不孤單啊。結果岡野老師摸著美美的頭說，真了不起。」
無論是大人的優點還是缺點，小孩子都看得很清楚。
他們感受著眼睛看到的一切。

暑假前，學校要進行個人面談。我剛好在學校處理家長會的事，所以就和MIKI會合，一起和老師面談。
走過阿大的教室前時，發現有一個人胸前掛著寫了「山崎大貴」的ID卡，坐在走廊的椅子上等待。
「呃，請問妳是山崎大貴的媽媽嗎？」
我很有禮貌地問。阿大的母親沒有起身，坐在椅子上，露出驚訝的表情。她看起來很年輕，感覺還不到三十歲。
「對，是啊。」
「我是優介的媽媽，杉山優介的媽媽。」
雖然我先發現了阿大的媽媽，向她打了招呼，但MIKI向前踏出一步大聲說道。
「喔，原來是杉山同學。」
阿大的媽媽站了起來，她的個子和我差不多高。

但是，她似乎不知道優介是誰。她兒子每天來我家，她連優介是誰都不知道？我和MIKI互看了一眼。

「阿大經常來我家玩，妳沒聽說嗎？」

MIKI的聲音有點沮喪。

「他什麼都沒說，眞是給你們添麻煩了，我回去會好好說他。」

她一頭染成棕色的長髮鬈著波浪，白皙的肌膚上沒有黑斑，也沒有皺紋，但臉上沒有一絲笑容。

「不是，不是妳想的這樣。我們很喜歡他來玩，也很感謝他和優介當朋友。」

MIKI急忙解釋，我也在一旁附和。

「妳兒子眞的很乖，和我兒子、和我們都相處得很好，對我們很有幫助，隨時歡迎他來我家玩。」

「謝謝你們的稱讚。」

阿大的母親好像面具般沒有表情的臉上找不到一絲客套的笑容，在說話時微微向MIKI點了點頭。她個子很高，可能只是在低頭看比她矮的MIKI，但MIKI認爲這是她釋出的善意，又胡言亂語起來。

「原來媽媽也很高，大貴也長得很高，完全不輸給他的名字。」

現在不適合說這種話吧。但MIKI向來這樣，我已經見怪不怪，而且知道她是想和阿大的母親裝熱絡，才會這麼說，所以就沒說什麼。

沒想到阿大的母親嘀咕的話完全出乎我們的意料。

「是啊，但並不是我幫他取的名字。」

我和MIKI都懷疑自己聽錯了，看著阿大的母親。

「雖然你們稱讚他，但並不是我把他帶大的。」

「謝謝老師。」

這時，教室的門打開了，班導師和面談的學生母親走了出來。

「請問是山崎的媽媽嗎？」

「是。那我先進去了。」

阿大的母親向我們點了一下頭，走進了教室。她纖瘦的背影走進教室後，老師關上了門。

她甚至沒有用謊言掩飾一下。

那並不是因爲老師打開門、關門時產生了風，而是她心靈的空洞讓我感到一陣寒意。

不知道爲什麼，很多關於土地界址的糾紛都會來找我們事務所解決。

有的鄰居爲了土地界址不明確吵了幾十年，還有的兒女在分遺產時，要求明確各自的界址，或是要求分土地，而且希望按照對自己有利的方式分地，或是要求把界標打在可以稍微佔用他人土地的位置，但又希望盡可能不要支付土地稅，反正都是一些強人所難的要求。

界址無法隨意更動，也不可以隨意更動，我只能誠實地執行業務，但仍然不得不經常處理各種糾紛。

今天受透過擔任自治會理事認識的菊地先生的委託去他家，因爲三個月前搬來的鄰居和他爲了界址的事發生了糾紛。

這一帶是以前鐵路公司開發的住宅區，當年的屋主上了年紀或去世後，不動產公司買下土地，通常會建三戶三層樓的透天厝出售。菊地先生的老鄰居去年去世，老房子拆除後，變成三棟透天厝，他對其中一戶的鄰居太太束手無策。

來到現場後，發現菊地先生、菊地太太和鄰居的玉野先生、玉野太太正站在水泥磚牆兩側說話，玉野太太似乎懷著孩子。可能爲了即將出生的寶寶，貸款三十五年，買下這棟透天厝作爲人生最後的落腳處。菊地先生十年前退休，已經是爺爺的年紀，玉野先生可以當他的兒子了。

「午安。」

我打了招呼，菊地先生轉過頭，露出鬆了一口氣的表情。從玉野夫婦盛氣凌人的表情來看，顯然他們在一味責備菊地先生。

「啊，太好了，專家來了，這位是杉山大師。」

菊地先生摟著我的肩膀向玉野先生介紹，玉野夫婦很不甘願地向他鞠了一躬。

「是玉野先生嗎？我是土地房屋調查士杉山，今天來確認府上和菊地先生的界址。」

我隔著磚牆遞上名片，攤開事先帶來的菊地先生和玉野先生家的地積測量圖，繼續說了下去。

「這張是菊地先生登記土地時的地籍圖，從這張圖來看，完全沒有界址的問題。這張是玉野先生的地籍圖，兩張地籍圖上關於界址的記載內容相同。我事先進行了測量，界樁的位置都符合測量圖。面向道路，也就是公有道路的部分有一個界樁，這裡設置了鋁牌。然後沿著水泥磚牆一直延伸到後方，在和後方的野島先生家、羽根先生家呈十字交叉的界址上有另一個界樁，那裡埋設了水泥界樁，連結這兩個界樁的線就是你們兩戶的界址線。由此可以判斷，玉野先生購買這棟房子時的地籍圖，和我剛才說明的界樁是一致的。玉野先生，你們似乎為界址的問題煩惱，請你們趁這個機會說出來。」

玉野太太聽我說話時始終瞪著我，當我說完時，向前踏出一步。

「菊地先生把腳踏墊晾在這裡。」

我愣了一下，無法馬上點頭。

「是浴室的腳踏墊喔。」

看到我沒有點頭，玉野太太又重複了一次。

「而且是每天。每一天、每一天都晾腳踏墊，晾在這裡，晾在圍牆這裡。」

玉野太太又向圍牆踏了一步，說完話的時候，在圍牆頂端拍了兩次，她的大肚子幾乎快撞到圍牆了。

菊地先生和菊地太太聽了驚訝不已，想要開口說話。我用沒有拿圖紙的另一隻手制止了他們。

聽到這種控訴，誰都想要反駁，但我暗自鬆了一口氣。既然玉野太太說得這麼清楚，就能夠找到解決的突破口。遭到投訴並不傷腦筋，最傷腦筋的是心有不滿，卻不肯說出來，我每次都為了設法問出對方到底對什麼問題感到不滿傷透了腦筋。

菊地先生和我都不發一語地點著頭，站在太太身後的玉野先生也開了口。

「也許我太太有點神經質，但既然這道牆是雙方共有的，就希望不要把洗好的衣物晾到我們這一邊。」

「不光是晾腳踏墊，還會曬車子裡的墊子，墊子上都是沙子和灰塵。駕駛座、副駕駛座和後車座的墊子統統都晾在這裡，連狗的被子也會放在這裡曬。那是狗的被子吧？有很多狗毛飛過來，就是這隻狗的毛，常常一團一團地飛過來。」

「情況就是這樣，我們很擔心即將出生的孩子會過敏，所以還買了空氣清淨機。」

「我們不是爲了自己，而是爲了小孩，都是這隻狗，只要牠跑來跑去，狗毛就會飛到我們家。」

菊地先生和菊地太太瞥了我一眼，沒有吭氣。玉野太太指責的那隻黑色拉布拉多獵犬垂頭喪氣地坐在他們腳下。這隻狗叫「幸運」，雖然體型很大，但很乖巧，牠外出散步時，小孩子都會圍著牠，所以美咲和優介都叫菊地先生「幸運的伯伯」，在我擔任自治會理事認識他之前，我的一對兒女就是他的朋友。

「我知道了。」

我點了點頭，玉野太太終於閉了嘴。

「既然大家都在場，那就利用這個機會，再度確認一下界址。」

我請菊地先生和玉野先生親眼確認了面向公有道路，和與後方住家交界處的兩處界樁，連結這兩個界樁的線就是菊地先生和玉野先生家的界址線。我帶著菊地先生和太太走進玉野家的院子，站在圍牆旁開始說明。

「玉野先生認為界址在這道圍牆的中心。」

雖然最近比較少見，但這種牆稱為共用牆。

「但是，看你們兩家的地籍圖就可以發現，界址線在圍牆靠玉野家的這一側，也就是這一側一直向後延伸。」

「我以前從來沒有聽說。」

玉野先生嘀咕道。玉野家的地籍圖並不是土地房屋調查士畫的，似乎是不負責任的房屋公司仲介，讓二級建築師申請辦理了原本必須由土地房屋調查士進行的土地分筆申請作業。因為是將原本一筆建地分成三筆的狹小土地，為了讓住戶覺得土地面積大一點，所以謊稱這道是共用牆，或是根本不知道除了共用牆以外的宅地界址。

也就是說，那道圍牆的所有權屬於菊地先生，法律上享受排他性的使用權，不管他要晾腳踏墊還是其他的東西，玉野家都沒有資格說什麼。

但這只是理論而已，如果就這樣直截了當地對玉野夫婦說，會把事情弄得更僵。菊地先生只是委託我解決和鄰居之間因爲界址引起的糾紛，並不是要我來確認界址。

「請各位再看一次，玉野家的地籍圖上的這條線，是圍牆這一側的界椿和界椿所連結的線，所以這道圍牆本身屬於菊地先生。」

菊地先生在我的身後點頭如搗蒜。

「所以，不管做什麼都沒關係嗎？」

玉野太太似乎再度準備開戰，脾氣這麼火爆，對胎兒會有不利影響吧。

「雖然菊地先生有權在圍牆上晾東西，但現在知道你們對這件事有意見，所以，以後可以顧慮到你們的心情，避免每天晾曬，或是至少不要把狗的被子曬在這裡。畢竟大家要當長久的鄰居，所以和睦相處最重要。」

「是啊，我們會注意。」

始終不發一語的菊地太太點頭說道。

「以後我會把腳踏墊晾在院子裡。幸好這次說清楚了，確認了界址，也有機會和玉野太太說上話，太好了。」

「我老婆就愛洗衣服，很傷腦筋。今天早上一起床，就叫我脫掉睡衣，說她要洗衣服了。」

高大的菊地先生臉上終於露出笑容，抓著頭說道。

「你給我少說兩句。寶寶快出生了吧？眞讓人期待。」

「是啊，預產期在下個月。」

看到菊地夫婦露出笑容，玉野太太的嘴角也終於泛起笑意。

菊地夫婦不愧有豐富的人生經驗，輕鬆化解了和鄰居之間的糾紛。菊地先生不僅擔任自治會的理事，還參加了消防團，對社區貢獻很大，玉野家日後遇到問題時，也可能會受到菊地先生的照顧。

我和菊地先生都是自治會的理事，曾經一起張羅自治會的夏季廟會和正月十五的「歲德燒」❷。那是最後一次舉行「歲德燒」活動，因爲民衆投訴煙霧太大，翌年就不再舉辦了。

那一年也是在夏季廟會時最後一次抬神轎。每年都由兒童會的小朋友負責抬轎，但如今抬轎的小朋友越來越少。雖然住在這裡的兒童人數增加了，但參加兒童會的人數逐年減少。學生忙著上才藝班和補習班，再加上個資法實施後，無法向校方索取一年級新生的資料，無法邀請新生加入兒童會。

「謝謝你，眞是幫了很大的忙。」

我準備離開時，菊地太太向我鞠躬。

「你果然厲害，來參加消防團吧。」

菊地先生說話帶著東北口音，拍著我的後背說。不知道在這裡生活多年的菊地先生，經歷了怎樣的人生。

我沿著菊地先生家門前的坡道往下走，眺望著社區，心裡想著等家長會會長卸任後，參加消防團也不錯。

這一帶山丘上的農田被鏟平，砍掉了樹林中的樹木後整成平地，山谷被產業廢棄物埋了起來。我們測量地面，用界址線區分每一筆土地。

買主充分利用建蔽率建造房子，善用自己的土地持分，從二樓的窗戶伸出手，就可以碰到隔壁房子的牆壁。他們為了支付建在巴掌大土地上的小房子的貸款，汲汲營營、斤斤計較，根本無暇顧慮到他人的事。雖然這片土地上住了很多人，卻避免和左鄰右舍打交道，鄰居之間漸漸疏遠，也不再舉辦廟會活動。

一棟棟小房子像積木一樣不斷出現，連成一片望不到盡頭的住宅區，形成了眼前這片景象。

❷ 正月十五那一天，集體焚燒各家新年佈置在家裡的新年吉祥裝飾，祈求無病無災。

這並非我所希望的，我並不希望當年曾經打造秘密基地的山丘和樹林就這樣消失，只是當我回過神時，已經變成了這樣的景象。失去的東西無法再找回來。既然有緣生活在這裡，就希望和鄰里之間保持良好的關係，所以，無論參加消防團或是其他社區組織都沒問題。

低頭看著眼前這片房屋的屋頂，我想起了阿大的母親站在小學長長的走廊上，從高高的窗戶照進來的陽光灑在她身上的樣子。

電線桿像釘子一樣豎在屋頂和屋頂之間，每棟房子都勉強被這些垂在半空中，在風中搖擺的電線連在一起。

暑假結束後，優介參加了期待已久的畢業旅行。當他從日光回來後，說完在日光的所見所聞、愉快的事、傷腦筋的事，以及突然下起雨的事之後，幽幽地說：

「有人長毛了。」

這對早讀的優介來說，顯然是很大的衝擊。他會對父母說這種事，代表他還是小孩子。

「不知道阿大長了沒有。」

他們現在不同班，所以沒有一起洗澡。
「優介，你還早呢。等你長毛了，一定要告訴我喔！」
MIKI強迫他答應。
「我絕對不告訴媽媽。」
優介最近漸漸有了肌肉，額頭上也冒出了青春痘。
翌日學校放假，讓他們在家好好休息。阿大早上就來了，看到他來事務所打招呼時，發現他比剛搬來時瘦了不少。以前總覺得他是個小胖子，不知道是否因爲長高的關係，最近變瘦了，感覺臉也變尖了，難道是因爲鼻子下方冒出了淡淡的鬍子的關係嗎？
「阿大，你好像變瘦了。」
聽到我這麼說，優介說：
「所以我不是說了嗎？他的後母不讓他吃飯，還用鞭子打他。」
我和MIKI互看了一眼。
「所以啊，今天阿大可以在我們家吃午餐吧？因爲阿大回家也沒飯吃啊。」
優介笑著說。
「好啊。」

MIKI回答。

「太好了。你眞是個大騙子，但是，你說的謊還滿有用的。」

優介推著阿大寬闊的後背，走出了事務所。

我無法看到阿大臉上的表情。

家長會的例行會議結束後，擔任校外委員長的酒井太太說有事要和我商量。她說，同一棟公寓的男孩經常被父母打罵，所以她很擔心那個孩子。那個孩子就是阿大。

「我就住在對面，我家也可以聽到他爸爸罵他的聲音。」

宣傳委員長阿見太太也一直點頭。

「對，對，那個家有問題。」

「但又無法確定實際情況，況且那個孩子看起來沒什麼異常。」

「他剛搬來不久，曾經在我家吃過午餐。」

酒井太太說。

「他那時候告訴我，那不是他的親生母親，爸爸是親生的，以前從來不打他，但有了新媽媽之後，就經常打他。」

「他這麼說嗎?」

「對,那時候這麼說,但現在完全不說了。即使我問他還好嗎?他也只回答說,我很好。問他有沒有吃午餐,他也說吃過了。他長大了,可能覺得丟臉吧,覺得大人不給他吃飯,經常被打這種事說出來很丟臉,所以我覺得問題可能反而更嚴重了。」

豐腴的酒井太太似乎回想起當時的情況,眼中噙著淚水。她自己有五個孩子,是一位寬容慈祥的媽媽。

「對了,聽來我家玩的小孩子說,他的媽媽是後母,對小孩子來說,眞的太殘酷了。」

阿見太太也低下頭。

「那根本不是他的錯。」

酒井用肥肥的手背擦著眼淚。

「先通知校方吧,我也會注意觀察。」

我對她們說道,酒井太太和阿見太太對我鞠了一躬。

「那就拜託你了。」

這兩位媽媽爲了別人家的孩子鞠躬、灑下同情的眼淚。雖然她們沒有外出上班，但從繁重的家務中抽出時間來學校處理幹事的工作也不是一件容易的事，多虧有她們，由對學校事務漠不關心的家長湊合起來的家長會才得以順利運作。

騙子。

我想起優介經常說阿大的話。

只有優介相信阿大說的這些話是騙人的。

所以，阿大才會經常來我家。

他騎著紅色腳踏車越過山丘，爬上小學所在的小山丘，然後又下坡來到我家，來找誤以為他說的現實全都是謊言的優介。

回到事務所，我把阿大的事告訴了MIKI，她點了點頭，開了口。

「原來如此，以前我一直在想，」

我不由得緊張起來，不知道她又要說什麼。

「為什麼很多民間故事都是關於後母的故事。」

「有很多後母的故事嗎？」

「有啊，白雪公主、灰姑娘，格林童話幾乎都是後母，《糖果屋》的韓賽爾和葛麗特的媽媽是親生母親。」

「那個故事才可怕。」

美咲出生時，親戚送了一套格林童話的繪本集。

「所以，爲什麼有那麼多後母的故事，是因爲眞的有很多小孩子被後母虐待，過著痛苦的生活，從有民間故事開始的年代，就已經有這種事了。」

「原來阿大是白雪公主。」

「不用擔心，大家最後都會得到幸福。」

MIKI笑著說。她總是笑臉盈盈。

「但是，白雪公主因爲有七個小矮人，才得到了幸福。」

MIKI應該從出生開始，就是幸福的公主。她的親生母親沒有離開人世，她沒有離開城堡，也沒有遇到七個小矮人和王子，就過著幸福的生活，然後慢慢老去，離開人世。雖然這種故事很沒意思，但在現實生活中，卻是人人嚮往的人生。

「我們來當七個小矮人就好，反正壞皇后直到最後都無法變成好人。」

壞皇后一輩子都沒有痛改前非，最後穿上火燒鞋，一直跳舞到死。她一定很不幸，從出生的那天開始，就過著不幸的生活。

只有幸福的人能夠把幸福分享給別人，七個小矮人一定很幸福。

那天之後，只要學校放假，就帶著阿大一起，五個人一起出門遊玩。我們去看足球比賽，在海邊烤肉。

一開始的時候，阿大連攜帶型冰箱都拿不太穩，但看到他的身體越來越壯，不由得感到高興。美咲、優介也很喜歡和阿大一起玩，最令MIKI感到高興的是，只要有阿大在，他們兄妹就不會吵架。

櫻之丘小學是雙學期制，每一學年度只有上學期和下學期，所以學校會放秋假。

放秋假的那天，阿大就說要來家裡住。既然他要住下，就必須向他的父母打聲招呼，於是，我打電話去他家。阿大的媽媽接電話的聲音聽起來好像在睡覺，從她口齒不清的說話聲中，勉強聽到了道謝的話語。她似乎仍然不知道優介是誰。

她一定是一個不幸的人。雖然她年輕閃亮，那是我和MIKI早就失去的東西，但即使扣除這一點，她還是太不幸了。

吃完晚餐，洗澡的時候，優介突然害羞起來，把浴室的門鎖了起來，不讓阿大進去，但最後他們還是一起洗了澡，在裡面聒噪了半天。

洗完澡，換上睡衣後，他們一起鑽進了優介狹小的床。原本是雙層床的木床被他們兩個人的體重壓得發出吱吱咯咯的聲音。

美咲平時都在自己的房間獨自睡覺，但很羨慕阿大和優介可以一起睡，突然覺得自己很孤獨，難得跑來和我們擠一張床。

優介房間內傳來的吱吱咯咯聲一直持續到深夜。

「對了，我忘了多拿一個枕頭出來。」

MIKI和美咲並排躺下時說。

「不用什麼枕頭啦。」

和朋友擠在一張小床上睡覺的幸福。

我閉上眼睛，回想起往事。

我和阿基在公園建了一個秘密基地。那個公園的遊樂器材上有一個看起來很可怕的貓熊臉，我們把藍色塑膠布綁在樹枝茂密的樟樹上，地上鋪了紙板箱。我們興奮地打鬧著，最後兩個人抱在一起，一動也不動。

我不記得是否曾經和父母擁抱，卻清楚記得和阿基抱在一起的感覺。阿基比我高大，所以，正確地說，是他抱著我。

那是在阿基決定要去夏威夷後的事。

兩名警察接獲通報後，在半夜來到公園，拆除了我們的秘密基地。可怕的貓熊臉在路燈下看起來臉色鐵青，目不轉睛地看著我們。

那個遊樂器材不知道什麼時候拆掉了，當年的樟樹也被人投訴說長得太高太大，擋住了光線，結果被砍掉了。公園周圍的櫸樹恐怕早晚也難逃被砍的命運，優介和美咲入學時，校園內那些櫻花綻滿枝頭的大樹也被砍掉了。

人類一定對樹木的生命力感到畏懼。不斷伸展的枝葉，一到春天，就恣意生長，樹葉遮住了天空。於是，就把它們統統砍倒，消滅自己無法對付的事物。

在山谷內傾倒產業廢棄物後整地，把河填起後鋪上柏油，當作它們都不曾存在，假裝這裡自古以來，就是名叫櫻之丘的地方。用謊言偽裝，在這片土地上生活，久而久之，甚至忘記了曾經說過的謊言。

阿基一身黑皮膚，有一頭密密的鬈髮和一雙大眼睛。他的父親是在橫須賀的美國大兵，從小就沒有陪伴在他身旁。

六年級時，他的爸爸和媽媽再續前緣，所以阿基要去他爸爸被派赴的夏威夷。

我從小和阿基一起長大，當時並不知道和他分開是怎麼一回事。

但是，躺在秘密基地的紙板箱上時，我第一次知道。

離別就是和我抱在一起的阿基會從我的手中離開，我的手再也抱不到阿基了。

不久之後，和阿基長得一模一樣的阿基爸爸出現了，帶走了阿基和阿基的媽媽。

我站在國宅的入口向阿基揮手。

阿基已經離我的手而去。

我聽著吱吱咯咯的聲音，進入了夢鄉。

優介和阿大很晚才睡，沒想到翌日早晨，他們最先起床。也許他們一整晚都沒睡。

我走進客廳，他們兩個人穿著睡衣，躺在地上玩耍。

「你連飛機也不會玩嗎？」

優介說。

「飛機怎麼玩？」

「就是飛機啊，你躺下、躺下。」

聽到優介這麼說，阿大仰躺在地上。

「然後把手腳舉起來，對，就這樣。」

優介握著阿大的手，跪在阿大的膝蓋上。

「嗚哇，比我爸爸低好多。」

阿大很快就撐不住，優介墜機了。

「這次換我，不要讓我掉下來喔。」

接下來輪到優介讓阿大搭飛機，但優介無法承受阿大的體重，再度墜機了。

「男孩子眞好，天眞無邪。」

MIKI起床後看著他們說。

「也不會搞小圈圈，天眞無邪眞好。」

MIKI對男孩子抱有幻想，其實男生更容易有小圈圈，只是孩子氣的優介無法加入任何小圈圈而已。

我和阿基一直是好朋友，但班上的大部分同學都不理他，有人罵他是黑鬼，用石頭丟他，也有人把他的書包丟進游泳池。班上的同學還因爲我經常和阿基一起玩，所以都不理我，甚至把我的鞋子和鉛筆盒藏起來。

我只要有阿基這個朋友就夠了，雖然我沒有問過阿基，但我相信阿基也這麼想。

早餐吃了麵包、白煮蛋和培根生菜沙拉，MIKI把白煮蛋掰成兩半時對阿大說：

「我不喜歡吃蛋黃，所以每次都給優介爸爸吃，給你。」

MIKI光溜溜的蛋黃放在我的盤子上。

「我一直覺得，如果要結婚，就要嫁給喜歡吃蛋黃的人。」

「媽媽好奸詐。」

優介說，阿大笑了起來。

「有什麼關係嘛。」

「那媽媽在結婚之前呢？」

美咲問了很成熟的問題。

「結婚之前，都是外婆吃的。」

「外婆？是埼玉縣的外婆嗎？」

「不是，埼玉縣的外婆是我的媽媽，外婆是我媽媽的媽媽，美咲和優介都沒見過，在我結婚前就死了。因爲我的媽媽每次看到我不吃都很生氣，叫我統統吃掉，外婆總是偷偷幫我把蛋黃吃掉。」

「媽媽太會撒嬌了，而且現在每次都叫我統統吃掉，不要剩下。」

優介說，阿大又笑了。

MIKI的父母，當我通知他們優介出生時，他們以爲是愚人節的玩笑。MIKI的名字之所以沒有漢字，是因爲他們在猶豫到底該選什麼漢字時，差點過了報戶口的期限，只好在報戶口的申請單上塡了片假名的MIKI。

我見過MIKI的母親的母親，也就是她的外婆一次。

當時，她罹患了末期癌症，我陪同MIKI和她媽媽一起去病房探望她。

MIKI和她媽媽去找護理師離開病房時，外婆對我說：

「MIKI那孩子，她不喜歡吃蛋黃。」

MIKI是她唯一的外孫女。

「雖然我也討厭蛋黃，但MIKI很可憐，所以每次都幫她吃。」

外婆抬頭看著我。可能因爲止痛劑發揮了作用，她的眼神渙散，很容易讓人以爲她睡迷糊了。

「你能瞭解我說的嗎？」

「我能瞭解。」

我毫不猶豫地回答。外婆緩緩露出笑容，她的笑容很無力，好像馬上快睡著了。

外婆無法活到我們的婚禮，那是我第一次，也是最後一次和她說話。

我以前也討厭吃蛋黃。

所以，我和MIKI的外婆一樣。外婆想要看到MIKI開心的表情，不忍心看到她挨罵，所以爲她吃掉蛋黃。我很喜歡MIKI的外婆。

我也想要看到MIKI開心的表情，和MIKI一起第一次吃白煮蛋時，我把她的蛋黃也吃了。

「你和我外婆一樣。」

MIKI笑了。

MIKI不知道我和她外婆哪裡一樣，她不知道其實我們都討厭吃蛋黃。這件事，我絕對不會告訴他。

MIKI像往常一樣滿臉笑容，津津有味地吃著蛋白。MIKI笑了，美咲、優介和阿大也笑了。

我也跟著笑了起來。

早上就開始下雨。

中午過後，打開信箱時，除了事務所的公務信以外，還有一張沾到雨水的明信片。

那是寄給優介的中學入學通知書，上面寫著他明年四月入學的學校名字。我的身體忍不住抖了一下。或許是因爲下雨的關係，氣溫下降了。冬天的腳步近了。

放學後，雨仍然沒有停，阿大像往常一樣來家裡玩。

我回到家裡，準備換掉剛才外出工作時，被雨淋濕的工作服，看到優介和阿大在客廳的地上相互搔癢。

「搔你胳肢窩沒反應，脖子倒是很怕癢嘛。」

優介被阿大搔著脖子，笑得喘不過氣了。

阿大無法就讀班上大部分同學要讀的那所中學，而是要去隔壁學區的中學，他和優介無法繼續當同學了。

想要就讀不同學區的中學，必須經過校長的同意。阿大的父母不可能爲他的事奔走，阿大也不可能爲這種事拜託父母。

在這場雨中，送到阿大家裡的通知書上，應該寫了和優介不同的中學。阿大一定知道這件事，只是優介還不知道。當優介有朝一日知道時，阿大一定又會對他說謊。

「接下來玩堆牌、堆牌。」

優介躺在地上說。這孩子讀幼稚園的時候，如果老師不抱著他，他就經常躺在地上，似乎藉由碰觸自己以外的東西確認自己的存在。

「我想玩將棋。」

阿大說。

「那我們來猜拳。」

仰躺在地上的優介和阿大猜拳。優介出剪刀，阿大出布。

「太棒了，玩堆牌，玩堆牌。」

優介跳了起來，跑去自己房間拿撲克牌。當他跑過我身旁時，笑著對我說：

「我和他猜拳，每次都會贏。」

優介每次猜拳都出剪刀。

優介可能永遠都不會發現，爲什麼和阿大猜拳時，每次都會贏。

阿大看著放在客廳窗框前的全家福。那是美咲過七五三節❸時，全家人穿著和服，去附近的照相館拍的照片。那是三年前的照片，兩個孩子的臉上充滿稚氣，優介的個頭還不到我的肩膀。

❸ 日本傳統節日，每年十一月十五日，爲七歲女孩、五歲男孩及三歲男女祈福的節日。

阿基去了夏威夷後長大成人，和他爸爸一樣當了美國大兵。

他被派去伊拉克，被埋在道路旁的地雷炸死了。他的葬禮在美國舉行，我不知道長大後的他是什麼樣子。

在國宅入口揮手道別後，我就再也沒有見過阿基，不久之前，我在國宅的入口釘上了夾板。

阿大和優介盤腿坐在客廳的地上開始玩堆牌，優介大聲地叫著。

「哥哥，你吵死了。」

美咲正在和班上的同學一起玩莉卡娃娃，但優介根本聽不到她的聲音。

阿大笑嘻嘻地看著優介。

我很清楚。

即使從此分離，即使再也無法見面，即使曾經在一起的地方已經不復存在，曾經有過的幸福記憶，將會成爲一輩子的精神支柱。無論遇到多麼不幸的事，這份記憶可以成爲救贖。

被雨籠罩的房子中。

這一刻的記憶，有朝一日可以拯救優介和阿大。

我如此祈禱著。

奶奶好，再見

光陰似箭，我什麼時候變得這麼老了。
今年之後，我才發現這件事。
早晨醒來，起床、上廁所。
春天來了。
陽光灑進廁所的窗戶。
揹著書包去上學的孩子們從窗外經過。
他們好像去參加廟會。
小孩子的聲音鬧烘烘的，說話的速度很快，完全聽不懂他們在說什麼。但是，他們的聲音聽起來很快樂，書包上的金屬扣卡答卡答地打著拍子。
我在神龕前合掌時發現——
我老了。
我老了，比神龕內的阿爸阿母更老了。
照片中，阿母的頭髮還很黑，阿爸的額頭還很窄。
我比他們的年紀更大，變成老太婆了。
沒想到我可以活這麼久。

我結過一次婚。

那天，阿母走進我房間，遞上相親的照片。

我害羞得不敢看一眼。

阿母走出房間時，等在走廊上的阿爸問她：

「秋子說什麼？」

「她害羞死了，根本沒看一眼。」

「是嗎？我覺得是個好對象。」

「是啊，眞是個好對象。」

我沒有看照片上的好對象就結了婚。

我隔著棉帽子，偷瞄了坐在我身旁的人。那個人毅然地看著前方，沒有看我一眼。

那個時代，女人沒有選擇的自由。

戰爭剛結束，健康正常的男人寥寥無幾，有相親的對象就已經很幸福了。

可惜的是，阿爸阿母口中的好對象對我來說，並不是好對象。

我很快回了阿母家，然後忘了他的名字和長相，也忘了曾經發生過什麼事。

只記得我獨自走在沒有路燈的暗巷中，和服的下襬纏到腳，好幾次都差一點跌倒。

上了年紀，就是漸漸遺忘。

我對這份幸福心存感激。

怎麼醃酸梅，怎麼做味噌，怎麼煮紅豆飯，怎麼煮豆子，怎麼縫小沙包這些事不會忘記。

其他的事都已忘得一乾二淨。

一定是我的腦袋只留下重要的事。

那一年冬天，阿母坐在簷廊上教我怎麼縫小沙包。

麻雀在院子的水池裡戲水。

我按照阿母的吩咐，去河岸上摘了裝在小沙包裡的薏苡仁。

好久沒看到薏苡仁了。黑黑亮亮，圓滾滾的薏苡仁，好像有人把它們揉圓了。以前河岸的草叢裡有很多薏苡仁，傍晚的時候去摘，怎麼摘都摘不完，如今都不見了。

到底消失到哪裡去了呢？

曾經和我一起摘薏苡仁的老友，也在不知不覺中消失不見了。

戰火燒了房子，那個院子，那個簷廊都不見了。

空襲那個夜晚的事，我也不記得了。

不是因爲上了年紀才忘記了，而是因爲太害怕了，一開始就沒有留下記憶。

那天晚上，住在隔壁的阿姨和住在後面的爺爺都死了。

住在後面的爺爺整天說英國和美國的壞話，所以炸彈會掉在他家；隔壁的阿姨是好人，但她兒子當兵上了戰場，所以被英美的戰火燒死了。

還有另一個人，她也經常唱咒罵英美的歌。

我從此不敢再說英美的壞話。

我們靠關係搬到很偏僻的地方，走出車站，爬上小山丘，可以看到富士山。以前住在遭到空襲前的東京時，從來沒有這麼近距離看過富士山。

放眼望去，周圍是一片農田和樹林，完全沒有被戰火摧殘的痕跡。

記得搬來這裡之後，立刻去低頭拜託大地主分我們麥子和地瓜，我記得阿母的紫色小紋和服攤在稻草包上，雞群在我們的腳邊嬉戲。

那時候，農家都住在山丘的另一側，所以，我從來不曾爬上山丘，搭電車時，都會繞著山下走去車站。

阿爸去世，阿母也去世後，那些農家也會來我家，但我永遠不會忘記，阿母的紫色小紋和服只換了不到半公斤的麥子。

我一直低著頭，不希望自己看到的事，聽到的事進入記憶中。

結果，日子就在不聽不看中過去，回過神時，已經變得這麼老了。

雖然這裡不是我出生的地方，卻是阿爸阿母留給我的房子。

房子雖小，但有院子，種了松樹、紫竹、垂梅、瑞香花，還有東瀛珊瑚和烏岡櫟。

原本以爲這裡很偏僻，沒想到遠處開始有了新幹線，山丘的另一側也鋪了鐵軌，建了車站後，這一帶漸漸熱鬧起來。原本以爲自己住在烏之谷，沒想到不知不覺中，變成了櫻之丘這個聽起來就很美的地名，山丘上建了一所小學。

家門前的路似乎是學生的上學路，每天早上，都有成群結隊的小孩在相同時間從廁所的窗戶外經過，隔著紫竹總是傳來小孩子嘰嘰喳喳的說話聲。

這些學生在放學的時候似乎都各自回家，我去郵局、車站前的超市回家時，經常遇到放學的孩子。

大部分小孩子不會注意到我這種走路蹣跚的老太婆，一下子就跑過去了，只有一個小男孩，每次遇到時都會向我打招呼。「奶奶好，再見。」

他每次看到我，都會在錯身時打招呼。我也會向他打招呼。

「放學了啊。」

那個男孩長得白白淨淨，有一雙圓圓的大眼睛。

他不會像其他小孩子那樣，一路嘰嘰喳喳，也不會在路上跑來跑去，或是好幾個人並排走，把整條路都佔走了。

他總是一個人直直地走在人行道上。向我打招呼時，直視著我的臉，然後又直直地離去。

如果那個好對象眞的是好對象，我們的婚姻生活得以持續，我也生了孩子，眞希望那個男孩是我的兒子。

想到這裡，立刻覺得太滑稽了。

秋子，他怎麼可能是妳的兒子呢？妳已經這麼老了，他是妳的孫子還差不多，搞不好可以當曾孫了。

我忍不住笑自己。

我經常笑自己，也經常對自己說話。

因爲自從阿爸死了，阿母也死了之後，我就一直獨自住在這裡。

有時候我甚至不知道自己到底是不是活在這個世上，也許我只是以爲自己活著，但其實早就已經不在人世？

只有那個男孩晃著書包向我打招呼的時候，我的身影映在那個孩子的眼睛中時，我才眞眞切切地感受到自己活著。

當年讀書時，因爲正値戰爭期間，所以幾乎沒有去學校上課，女學生都被動員去糖果工廠工作。

那個時代，市面上幾乎看不到甜食，但我們每天在工廠製作糖果、牛奶糖和羊羹。這些甜食都要送去給士兵吃，我們一個也不能碰。

奇怪的是，我們被下了封口令。

我們明明在做牛奶糖，卻不可以告訴別人，我們到底在做什麼。

阿爸阿母都以爲我在工廠做什麼很了不起的工作。

我在工廠做糖果喔。

雖然我很想這麼告訴他們，可惜不能說。我告訴他們，我不可以說，阿爸安慰我說，我知道，妳爲國出力辛苦了。

阿爸一定以爲我在做戰鬥機的引擎、機翼，甚至是炸彈之類的東西，我怕他們會感到失望，所以直到最後，都沒有對阿爸說出眞相，告訴他我每天被甜甜的味道包圍，每天都在製作牛奶糖。

戰爭結束，婚姻又失敗後，我在阿爸的公司幫忙。因爲我很會打算盤，所以負責記帳。

阿爸把公司收起來之後，爲我去拜託了朋友的公司，於是，我又去他朋友公司做相同的工作。

我每天早上八點出門上班，晚上五點下班回家。

到了可以領取年金的年紀後，我辭了工作，之後就一直在家。

紫竹和垂梅的成長都很緩慢，一直在那裡陪伴著我，讓我覺得自己並不是在這裡孤獨地等死。

我靠年金過日子已經超過二十年，早就已經過了八十歲。

每年春天，那些孩子就會做相同的事。

一到下午放學時間，就會來按玄關的門鈴。

我早就已經習慣了，所以不會去開門，也不會回答，只會告訴自己，春天來了，又有一批新的小朋友升上一年級了。

一年級新生在放學回家的路上，會沿途挨家挨戶地按門鈴，每一戶都不錯過。

幾年前，曾經有一位小學老師上門道歉。

「眞抱歉，一年級學生在放學時，按了您家的門鈴，給您添麻煩了。我會指導他們，避免相同的情況再度發生。」

「爲什麼一年級的學生會來按門鈴呢？」

那名看起來像大學生的年輕男老師在玄關的水泥地前向我鞠躬道歉，所以我忍不住問了他這個問題。我已經很久沒有和別人說話了。

年輕男老師抓了抓頭。

「他們說，想聽聽到底會發出什麼聲音，眞的太抱歉了。」

聽到老師的道歉，我反而覺得很惶恐。在我小時候，都叫老師「老師大人」，絕對不可以不聽老師的話，如今，老師竟然向我道歉。

我也在脫鞋處低頭鞠躬。

之後，每年春天，一年級新生就會來按我家門鈴。

剛好是小學的櫻花花瓣隨著風，飄到院子的季節。

只要門鈴一壞，我就立刻去修好，以免錯過小孩子按鈴的聲音。

我覺得那些一年級小朋友說的話很有道理。以前根本沒有什麼按鈕按了之後，就會發出聲音，所以，搭公車時按下車鈴是一件很高興的事，即使長大以後也一樣。

門鈴這種東西，就讓小孩子盡情地按吧。

下午的門鈴聲，是宣告我家的春天來臨了。山上小學的孩子比梅花、瑞香花更確實地告訴我春天來了。

我沒有上過山，總是在用竹掃帚掃院子裡的櫻花花瓣時，想像著校園內綻放的櫻花。

不知道現在能不能看到富士山。

我只能在院子裡抬頭仰望白色的校舍。

以爲前不久才剛入春，沒想到梅樹上已經結了翠綠的梅子。

這一陣子，我的記憶經常很模糊。

那個年輕老師上門道歉是今年的事？還是去年？

既像是好幾年前了，又覺得是今年春天的事。

我摘下梅子。

用竹籤挖掉梅子的蒂。

「把梅子刮傷了就完蛋了。」

阿母曾經在簷廊上對我說。

我覺得「完蛋了」這三個字聽起來很可怕，拿著竹籤的手也忍不住發抖。

也許是因爲我那時候刮傷了梅子，所以現在才會孤獨一人。

我一隻手拿著梅子，另一隻手握著竹籤，忍不住哭了起來，雖然籃子裡還有很多梅子。

因爲我在工廠做糖果，所以炸彈沒有落在我的頭上。

但是，因爲那時候我弄傷了梅子，所以我才會完蛋。

我的眼淚已經乾了，我已經是一個乾巴巴的老太婆了。

雖然這個世界從昨天就開始下雨。

小學似乎從今天開始放暑假。

那些孩子放學時，手上提了各式各樣的東西，各式各樣的東西從書包裡探出頭。

用捲筒衛生紙黏起來的作品、用鐵絲繞起來的作品，和在木板上塗了顏色，或是塑膠瓶割開做的美勞作品，都放在手上提的拎包裡，還有的孩子抱著一盆牽牛花。

長尺和笛子從書包裡探出頭，雙手拿著鼓鼓的拎包，水壺和游泳輔具交叉掛在肩上，簡直就像當年從中國大陸撤退回來的人。

我的記憶在八十年之間遊蕩。

小孩子的臉都紅通通的，滿頭大汗。

太陽無情地照射大地，重新鋪好不久的道路把太陽的光變成了熱，烤熱了小孩子的腳底。

即使走在同一條路上，我也已經不會流汗了。

上了年紀後，身體的很多功能都會罷工。不再流汗，眼淚也流不出來，頭髮和指甲也長得很慢。

平時每次都向我打招呼的男孩迎面走來，他身上的書包沒有任何東西露出來，手上拎了一只鼓鼓的手提包。

「奶奶好，再見。」

男孩向我鞠了一躬。

「你放學啦，放暑假了嗎？」

聽到我的問題，男孩停下腳步，烏溜溜的大眼睛看著我。他的眼睛很像薏苡仁。

「對，放暑假了。」

「明天開始嗎？」

「暑假是從二十三日開始。」

「太好了。」

「對。」

男孩點了點頭，走了過去。

這是我第一次和男孩說話，而且，我也很久沒有和別人說話了。

除了對神龕內的阿爸阿母說話以外，我最後一次和活著的人說話，是上次登門道歉的老師？

應該不至於吧，但我的記憶很模糊。

我去平時買菜的超市買完菜，剛走出超市大門，有人拍了拍我的肩膀。

「可以借一步說話嗎？」

回頭一看，是超市的店員。

「妳好像還沒有結帳。」

經常拿著出門的購物袋內放著每次必買的納豆、細蔥、菠菜和豆腐，上次買了雞蛋，所以今天沒買。

我低頭看了購物袋後，抬頭看著店員的臉。現在的年輕人都很高。

「是嗎？」

「對。」

比我年輕不知道多少歲的年輕店員點了點頭，她的臉上還帶著像少女般的稚氣，流行的棕色頭髮和俗氣的綠色制服很不配。

「我買這些東西還沒有結帳嗎？」

「對，老太太，妳剛才沒有經過收銀台就直接離開了。」

她低頭看著我，用好像在哄小孩般的語氣說話。

「眞對不起。」

我向年輕店員低頭道歉。

「請問您有家人嗎？」

一名男店員不知道什麼時候走了出來，恭敬地對我說話。

「沒有，我一個人住。」

「是嗎?那可以請您回店裡結帳嗎?」

「好啊,當然。」

我以爲自己付了錢,半信半疑地回到收銀台,打開錢包一看,發現出門時放在皮夾裡的一千圓還在裡面,就是我折好後放進去的樣子,也找不到結帳的收據。

我攤開一千圓交給店員,結完帳後,在幾名店員的目送下走回家。

早知今日,那時候就應該偷牛奶糖。

我把買回來的食物放進冰箱時想道。

弟弟從疏散的長野回來的那天,我在工廠包牛奶糖,很想偷一顆回家給弟弟。

但是,當年的我太老實了,現在回想起來,都會忍不住對當時的自己感到生氣。

每天離開工廠時,都會檢查隨身物品,確認沒有把糖果帶離工廠,但只有女工會被檢查,並不會檢查我們這些被動員來的女子高中的學生,所以,我隨時可以偷一、兩顆牛奶糖回家。

當大家都忍受著飢餓時，工廠裡竟然有巧克力和牛奶糖，這也太奇怪了。有一種特別的羊羹，據說是給軍官吃的。還有秘密糖果，但只有胸前戴著紫色蝴蝶結的班長才能做秘密糖果。

這些牛奶糖要給誰吃？這些巧克力又是要給誰吃？

聽說是給在前線打仗的士兵吃的，當時我們深信不疑，但是，在戰爭進入尾聲後，從來沒有聽那些從戰場上回來的士兵說，他們曾經在前線吃過巧克力或牛奶糖。

既然上了年紀之後，會不付錢就把店裡的食物帶回家，當時就應該帶一顆牛奶糖回家。

如果我知道，弟弟那天晚上就死了，我一定會這麼做。

那天晚上死去的人都無法留下任何遺物。

因爲全都燒得一乾二淨。

一開始，燒夷彈像下雨一樣紛紛落下，但很快就燒了起來，大家被火和煙追著四處逃竄。

放眼望去，很多地方都還殘留著積雪。

天氣那麼冷，但很多人都被燒死了。

爲了回來參加國民學校畢業典禮的弟弟簡直就是回來送死，他只在家裡住了兩晚，就和房子一起燒焦了。

雖然弟弟曾經說英美的壞話，而且說得很大聲，和大家一起高唱著歌，說英美的壞話。

但是，他還是小孩子啊。

當他跟著集體疏散去長野的寺院時，我和阿母爲他縫了小沙包，讓他帶在身上。一個裝了紅豆，一個裝了米，另外兩個裝了黃豆。

他回來時說，在疏散地的寺院時，幾個小沙包都被同學拿走了。

弟弟和我一樣，身材又瘦又小，和我一樣沒用。

眞想讓他嚐嚐牛奶糖的滋味。

如今，我忍不住詛咒當年的年輕無知和唯命是從的老實。

沿著鐵軌的路旁開了葛花。

在大片葉子之中綻放的花朵染上了紫色，一串又一串地藏在樹葉中。

下午的時候，風停了，路上瀰漫著花香。

圍在工廠周圍的鐵絲網上也有這種花，雖然花香敵不過牛奶糖的甜味。

「秋子，妳身上的味道很好聞。」

我正在洗碗，阿母站在我身後說。吃飯只需要飯碗和筷子的日子已經持續了很久，所以很快就洗完了。

「因爲葛花開了。」

我又沖了一次碗。雖然那天吃的是很稀薄的鹹芋頭粥，飯碗上根本沒有黏到任何飯粒。

「不，不是，是一種很熟悉的味道。」

阿母笑了起來，也許她已經察覺，那天我並不是在做炸彈的火藥，而是用紙包起沒有任何人吃到的牛奶糖。

那時候，在長野的寺院內，弟弟連裝在小沙包裡的紅豆也完全沒吃到。他的同學把小沙包撕開，裝在裡面的紅豆啪啦啪啦地掉落在寺院擦得光亮的地板縫隙中。

雖然紅豆生吃一點都不好吃，但弟弟的同學把紅豆都撿起來吃光了，而且一顆都不剩。

嘎哩嘎哩嘎哩。我似乎聽到他們咬生紅豆的聲音。他們的牙齒真好。

我和阿母一針一線縫起的袋子空了，被丟進寺院的水池裡。

原本打算找機會去那個寺院看看，沒想到一眨眼的工夫，自己就一大把年紀了。

葛花一如當年地綻放。

我不知道到底該保密到什麼時候。

也不知道要保密什麼。

戰爭結束後，拆除了曾經是至高無上的奉安殿，拉倒了忠魂碑，敲成了兩半，在地上挖了洞，埋進了土裡，還命令我們不能告訴別人曾經有忠魂碑的事。能告訴誰呢？

有一個用繩子綁起袖子，在竹槍訓練負責的女人，聽說她丈夫是日俄戰爭的英雄。我阿母拿竹槍時拿不穩，還被她痛罵了一頓。

那個女人居然沒有被燒死，她是附近一帶說英美的壞話說得最凶的人，「英美餓鬼畜生」這句罵人的話就是她教我的。

我回到被燒毀的家，在瓦礫堆中拚命挖，尋找和房子一起燒掉的弟弟留下的遺物。

我挖啊挖，挖啊挖，卻什麼都找不到。

連一張照片，一塊布片都沒有。

曾經珍惜的東西，一旦毀壞之後，甚至不知道原本曾經是什麼；一旦付之一炬，形狀和顏色都變了。

無論我怎麼挖，都找不到任何東西。

我不知道曾經在工廠做糖果這件事該保密到什麼時候，我還沒找到答案，想要告訴的阿爸阿母也死了。

大家合力敲碎忠魂碑後埋在地下。

曾經在工廠製作秘密糖果。

聽說那裡面加了給特攻隊吃的藥，我不夠優秀，左胸前無法戴上紫色蝴蝶結，所以也不曾做過秘密糖果。

如今，即使我想告訴別人，也不知道該告訴誰。

眞的有人對我們下了封口令嗎？有人不許我們說嗎？

我已經無法相信自己的記憶。

早晨就開始下雨，氣溫驟然降低。染上秋色的垂梅樹葉也幾乎都落光了，我知道冬天的腳步已近。

小孩子從廁所的窗外經過時，可以聽到打在他們雨傘上的雨聲。

下雨天也要去上學。

我已經很久沒有在雨天出門了。馬路上的菱形圖案、「停」字和斑馬線，以及超市入口的地板淋了雨之後都很滑，我擔心自己滑倒，所以幾乎都不出門。

但這天剛好是買雞蛋和菠菜的日子。

原本覺得即使沒雞蛋也將就一下，用納豆配飯就好，沒想到納豆也吃完了。

今天非出門不可了。

趁超市人比較少的下午時間，我終於下定決心出門，打開已經好幾年沒用的雨傘。

生鏽的骨架發出吱吱的聲音，就像我的膝蓋。

我用雨傘在雨中闢出一條路，一步一步用力踩著地面往前走。

買完菜之前，我一直提醒自己不要忘了付錢。我知道那個叫我老奶奶、頭髮染成棕色的年輕店員一直看著我。

她在監視我。

就像當年我們在工廠用蠟紙包起撒了砂糖的羊羹時那樣。我們要用蠟紙把每四塊羊羹包在一起，主任一直看著我們的手，所以無暇舔一舔沾到了砂糖的手指。

走出超市，雨下得更大，我走得更慢了。

以前放學時，我和同學一起挑戰過慢走。一隻腳先踏出一步，後腳的腳後跟再挪到前腳的腳尖前，然後繼續用腳跟碰腳尖，慢慢挪著走。因爲眞的走得很慢，我們忍不住笑翻了，從來沒有眞正用這種方式成功走回家裡。

我現在走路的速度一定和那種慢走差不多，當時走著走著，就忍不住跑了起來，現在卻只能用這種方式走路，而且膝蓋不停地發出聲響。

回到家門前那條路時，那個男孩迎面走來。

他今天和平時不一樣，低著頭，走得很慢，也沒有發現我走向他。

「你放學了啊。」

我走到他面前時，主動向他打招呼。

男孩猛然抬起頭，像平時一樣打招呼。

「奶奶好，再見。」

然後，他再度低下頭，準備邁開步伐。

「你在找東西嗎？」

我發問的時候，順著男孩的視線尋找著。男孩停下腳步，抬起頭，再度看著我。

「我鑰匙掉了。」

「家裡的鑰匙嗎？」

「對。」

「那可眞傷腦筋，要不要我和你一起找？」

「請妳借鑰匙給我。」

我聽不懂男孩的意思，看著他的臉。男孩又重複了一次。

「請妳借鑰匙給我。」

「鑰匙？我家的鑰匙嗎？你要我家的鑰匙幹什麼？」

「我不能回家，請妳借鑰匙給我，我用鑰匙開門。」

我看著男孩的臉，男孩也抬頭看著我。隔著雨看到的那張臉不像在作弄我。

是啊，比我還矮小的孩子怎麼可能騙我。

「對不起，我家的鑰匙沒辦法打開你家的門。」

「喔。」

「你家裡沒有人嗎？」
「對。」
「幾點才會回來？」
「媽媽五點半才回家。」
「那在你媽媽回家之前，你來我家吧。」
「好。」
男孩跟在我身後。
「打擾了。」
他走進玄關，說完這句話，坐在脫鞋處，解開鞋帶。
我呆然地看著他解鞋帶。
好幾年沒有別人踏進這個家門了，也許是阿母的法會之後，就沒有人來過。
我把終於脫掉鞋子的男孩帶去客廳，急急忙忙拿出座墊，用水壺燒了開水。

男孩把書包放在一旁，一屁股坐在座墊上。
「很冷吧，來，吃羊羹吧。」
今天我難得除了雞蛋、納豆和菠菜以外，還買了羊羹。

羊羹。沒有撒砂糖，也沒有用蠟紙包起的羊羹。

我切了很大一塊給他，泡了淡淡的茶，而且又加了一點水。因爲他還是小學生。

「我開動了。」

男孩合掌說完，喝了一口茶，然後看著羊羹的盤子。

「這是什麼？」

「羊羹啊。」

「羊羹啊？」

「不對，是羊羹。現在的孩子都不吃羊羹嗎？很好吃喲。」

「黑黑的。」

「對啊，這是紅豆的顏色，甜甜的，很好吃喲。」

男孩用木籤叉起羊羹，從角落咬了一小口。

「甜甜的。」

「是不是很好吃？奶奶還有，你多吃點。」

他看起來和來不及從國民學校畢業就死了的弟弟差不多大，但年紀應該比我弟弟更小吧。因爲現在的人個子都比較高。戰爭結束後，大家眞的都越長越高了。走到街上，像我這種老太婆會被淹沒在人海中。

「你讀幾年級了？」

「我是櫻之丘小學四年二班的櫻井弘也。」

「弘也弟弟，你是四年級生，長得眞高啊。」

「我在班上排第十七個。」

「班上有幾個學生？」

「三十九個。」

「眞少啊。我小時候每一班都有五十個學生。」

「五十個學生？」

「很多吧？而且，有些同學會帶弟妹來上課，有時候小嬰兒在上課時突然哭了，吵得沒辦法上課。」

我也曾經帶弟弟去學校。已經四歲的弟弟對教室前長長的走廊很好奇，從這一頭跑到另一頭，來來回回跑了好幾次，經常被老師罵。

抬頭一看，已經四點半了。

我家沒有男孩喜歡玩的東西。

弘也吃了兩塊羊羹，喝了三杯茶後，把和阿母一起縫的小沙包拿來給弘也。

「我不會玩小沙包。」

「啊喲，原來你也知道小沙包。很簡單，你看了就會了。」

我像小時候一樣，右手抓起三個小沙包，把其中兩個丟到半空。

我還沒有把第三個丟出去，更來不及接住，兩個小沙包就掉在地上了。

我又試了一次，結果還是一樣，我的眼睛和手都跟不上小沙包的節奏。

我終於體會到，自己眞的老了。

阿母的銘仙和服曾經改成紮腳褲，進入不需要穿紮腳褲的時代後，我又用那些布料和阿母一起縫了小沙包。雖然布料上的竹葉圖案依舊，但暗紅的底色早就褪了色。

小沙包裡分別裝了米粒、紅豆、黃豆和薏苡仁，平時都供在神龕前，作爲弟弟的遺物，因爲他沒有留下照片，也沒有留下任何證明他曾經經歷過這段人生的紀念。

那天之後，我從來沒有再玩過小沙包，也在不知不覺中，老得連小沙包也不會玩了。

弘也似乎也不會玩小沙包，他甚至無法把兩個小沙包同時丟在半空中。

「裡面裝了什麼？」

他似乎很喜歡小沙包摸起來的感覺，不再嘗試丟著玩之後，把小沙包拿在手裡玩來玩去。

「這是薏苡仁，也有裝紅豆和米粒的，這個是裝紅豆的。」

「紅豆。」

「你剛才不是吃了羊羹嗎？就是用紅豆做的。」

「羊羹，紅豆。」

「這個是裝米粒。」

「米粒好。」

弘也說完，把米粒小沙包和紅豆小沙包都放在桌上，拿起了薏苡仁的小沙包。

「薏苡。」

「這是薏苡仁，你比較喜歡這個嗎？」

「薏苡。」

「發音有點難。」

我弟弟也常發錯音。潛水艇叫成水潛艇，東鄉平八郎叫成咚鏘平八郎。

我笑了。當我回過神時，發現自己笑了好幾次。

轉眼之間，就到了五點。

我問了弘也的電話，打電話去他家。

弘也的媽媽連聲道歉，說馬上就來接他，然後掛上了電話。

她根本不需要馬上來啊。

我無法說出我想說的話，現在的年輕人說話速度很快，我總是無法說出自己想說的話。之前也很想對超市的店員說，不要叫我老奶奶。

「你媽媽說，馬上就來接你。」

「好。」

弘也把小沙包放在桌子上站了起來。

「小沙包送你。」

我把兩個竹葉圖案、裝了薏苡仁的小沙包放在弘也的手中。

「我家沒有小孩，你收下我會很高興。」

我說，但在說這句話時，覺得小學生應該聽不懂。

我把小沙包塞進他手裡時，發現他的手比我更大。

他一定會長得很高，比我高很多。

這時，門鈴響了。

「我是櫻井。」

玄關的門一打開，弘也的媽媽立刻低下頭，一口氣說：

「謝謝您的照顧，對不起。眞的給您添麻煩了，對不起。」

她有一頭棕色頭髮，雖然穿著白襯衫，但就是那個叫我老奶奶的超市店員，我絕對沒認錯。

「妳是、超市的……？」

她滔滔不絕地道歉，我終於插進了一句。櫻井太太猛然抬起頭，第一次看著我。

「對吧，妳就是那位店員。」

櫻井太太更深深地鞠躬。那天在超市時，她露出不屑的眼神看著我。那個時候，她高高在上的態度，好像在和小孩子說話。

「眞的很抱歉，給您添麻煩了，眞對不起。」

「不會，他只是來家裡玩，我也很開心。」

「您這麼說，讓我鬆了一口氣，但真的麻煩您了。我相信您應該已經發現，這個孩子在智能發育方面有障礙，我相信一定給您添了麻煩。沒有造成您太大的困擾吧？」

櫻井太太的話讓我嚇了一大跳。

「障礙？怎麼會有障礙？」

「他的鑰匙並沒有遺失，而是放在學校忘了帶回來。老師發現後追了出來，但沒有找到他，所以就通知了我。雖然我還在上班，但請假早退了，真的、真的給您添麻煩了。」

「媽媽，對不起。」

弘也從我的身後探出頭說。

「妳說他有障礙，是不是搞錯了？」

我用最快的速度說道，避免櫻井太太又插嘴道歉。

「他放學的時候，都會對我說，奶奶好，再見，他都會對我這種老太婆打招呼。我沒見過像他這麼出色的孩子，我一直很羨慕他的媽媽，生出這麼乖的孩子。我沒有孩子，所以真的很羨慕。」

「怎麼、怎麼會？」

櫻井太太站在門口的水泥地上，雙手捂著臉哭了起來。

「第一次有人、對我這麼說。」

我驚訝不已，不知道如何是好。

我以前曾經這麼驚訝過嗎？比在放學後聽到戰爭開打了，以及在神社內聽到戰爭結束時更不知如何是好。

那時候，身旁有很多人，有同學，也有左鄰右舍，只要一路跑回家，就可以見到阿爸阿母。

大家都去了哪裡？

以前只要我不知道該怎麼辦，大家都會告訴我。

大家都會叫我秋子，告訴我該怎麼做。

大家去了哪裡，如今，我孤獨一人。

櫻井太太用手背擦著眼淚繼續說道：

「他無法理解別人的心情，所以交不到朋友，因爲他無法正常交談，所以這也很正常，但即使再怎麼跟他說，他都聽不懂，不管說幾次都一樣，即使打他也沒用。得知他有障礙後，他父親離家出走，只能由我外出工作，但因爲有他，我也不能出去工作，一度很想帶著他一起去死。」

「這可不行。」

我在說話時，忍不住回頭看著弘也。他聽到這些話，不會受到傷害嗎？弘也露出剛才走進我家時相同的表情，看著哭得稀哩嘩啦的媽媽。我這才發現他臉上沒有表情。他原本就沒有表情，在打招呼時也一樣，臉上的表情始終沒有變化，黑色的大眼睛目不轉睛地看著我。這就是櫻井太太所說的智能發育障礙嗎？

我完全搞不懂。

「我知道這樣做不對，不是這個孩子的錯，都是智能障礙造成的，但是，有好幾次我把他往死裡打，也曾經把他關進廁所，好幾天不給他吃飯，也曾經抱著他去醫院屋頂，想要一起跳樓了斷。就連他父親也不要他了，真的從來沒有人說過他是好孩子。」

櫻井太太覺得她很孤單，但其實她一點都不孤單。

「對不起，在您面前哭了。」

她在道歉時，眼淚仍然不停地從她的大眼睛流了出來。

「別這麼說。」

既然還有眼淚，就讓淚水盡情地流，因爲不久之後就會乾枯，連一滴眼淚也流不出來了。

妳還有弘也，我獨自一人。

沒有人叫我的名字，我孑然一身。

如今，我再度體會到這件事，在看到妳哭的這一刻，我終於再度體會。

其實我知道，我只是視若無睹，我只是假裝不知道。

在工廠工作時，一旦響起空襲警報，被動員來的高中女生先躲進防空洞，之後才輪到高等小學畢業的女工。

那天也一樣。

那天的空襲陣容並不強大，只有三架敵機而已。

在我們躲進防空洞後，工廠被機關槍掃射，屋頂被射穿了，來不及躲進防空洞的女工被子彈打中了。

她只是在做糖果而已。

我被子彈打中了，我被子彈打中了。我聽到她的叫聲。那天提早放工，讓我們回家了。

因爲我們先躲進防空洞，那個女工才會被打中。

我們沒有問，那個女工到底怎麼樣了，沒問她只是受傷而已，還是已經死了。

沒有人告訴我們，我們也沒問。

之後，每次響起空襲警報，我們就比女工先躲進防空洞，好像一切都是理所當然。

當敵機的聲音越來越近時，才終於輪到女工進防空洞。

我想要活下去。

即使只是孤單一人，也想要活下去。

沒有人提女工的事，愧疚讓大家不願正視這件事。

一切都是爲了活下去。

爲了活下去，我假裝什麼都不知道，如今，終於孤單一人。

「媽媽，小沙包。」

這種時候，弘也居然把拿著小沙包的手攤在媽媽面前。

也許他在用自己的方式安慰哭泣不已的媽媽，只是他像人偶般可愛的臉上沒有表情，所以沒有人知道他心裡在想什麼。

「啊，眞漂亮。」

櫻井太太終於露出了笑容。

「好漂亮，這是手工縫製的嗎？」

我忍不住高興起來。

阿母，有人稱讚我們一起縫的小沙包。

「謝謝妳的稱讚，太高興了，如果妳不嫌棄，送給你們。」

「可以嗎？」

「當然可以啊。」

「謝謝。弘也，要說什麼？」

「謝謝。媽媽，小沙包。」

櫻井太太用手背擦著眼角的淚水，從弘也手上接過小沙包，站在門口，把兩個小沙包丟向半空後接住了。

「櫻井太太，妳眞會玩。」

櫻井太太白皙光滑的手每次接住暗紅色的小沙包，每次丟向半空時，裡面的薏苡仁就相互摩擦，發出沙沙的聲音。

「媽媽，妳眞棒。」

弘也一臉嚴肅地說，我和櫻井太太都笑了起來。

「好久沒有被人稱讚了，」櫻井太太的臉頰泛起了紅暈，「我想起了小時候。」

在我看來，她現在也還是小孩子。她是一個年輕而可愛的媽媽，弘也長得很像她，看著他們母子，就會忍不住露出笑容。

「媽媽，這裡面是薏苡。」

「薏苡？」

「是薏苡仁，他似乎喜歡這種，等你們回家後，請妳拆開給他看一下。」

「你想看裡面嗎？」

櫻井太太問，弘也點了點頭。

「這個孩子對看不到的東西會感到不安，所以，他脫鞋子時，會把所有鞋帶都解開。」

弘也脫在水泥地上的鞋子，鞋帶全都鬆開了。

「穿上衣服，看不到皮膚時，他好像覺得自己的身體不見了，所以，從小幫他穿鞋子、襪子都很辛苦，現在也不肯穿長褲，也不能戴手套。」

「那請妳務必拆開給他看。」

「不過，我可能沒辦法再縫起來。」

「那妳請弘也帶來，我會重新縫好。」

「但會不會太麻煩了？」

「一點都不麻煩，歡迎他隨時來找我。妳稱讚我的小沙包，我也感到很高興。」

我和櫻井太太相互笑著，我無法相信自己所剩不多的人生中，居然還有機會和別人互望。

「對不起，我在店裡的時候叫您老太太。您身體這麼硬朗，我實在太失禮了。」

櫻井太太再度深深地鞠躬。

「沒關係，我本來就已經是老太太了。」

「不，我、我當時覺得您很麻煩。」

「對，妳是不是以爲我已經老糊塗了？」

我露出了笑容，因爲有時候我也懷疑自己老糊塗了。

「眞的很對不起，沒想到您幫了我這麼大的忙。」

櫻井太太終於抬起了頭。

「我們曾經搬了好幾次家，我一直以爲在這裡也住不久，但現在很慶幸自己搬來這裡。」

「不，是因爲你們搬來這裡，才讓我感到幸福。」

櫻井太太低頭看著弘也，突然笑了起來。弘也在櫻井太太的腳邊綁鞋帶。

「這個孩子不懂幸福是什麼意思，他無法理解抽象的詞彙，連這個字眼都不懂。」

「不過，幸福的確是一個很難的詞彙。」

我點了點頭。

幸福。

雖然弟弟在空襲中喪生，但阿爸、阿母活了下來。那是一種幸福。

我因爲躲進了防空洞，所以活了下來。那是一種幸福。

活下來的幸福。

即使是孤獨一人，活下來也是一種幸福嗎？

「弘也，幸福是什麼？幸福是什麼？」

綁好鞋帶的弘也抬起頭，一口氣說：

「幸福就是吃晚飯洗澡上床睡覺對媽媽說晚安時的感覺。」

我和櫻井太太相視而笑。

的確，還有比這個更幸福的事嗎？

即使弘也被媽媽打，被爸爸拋棄，差一點被媽媽了斷生命，但他充分理解幸福是什麼。

「我還會再來。」

櫻井太太說。

「好，請妳一定要來。」我點了點頭，「如果妳不介意，下次可以叫我秋子嗎？」

聽到我提出的要求，櫻井哭紅的大眼睛瞪得更大了，但隨即點了點頭。

「好，秋子姊嗎？我會這麼叫您。弘也，你聽到了嗎？要叫秋子姊、秋子姊喔。」

「秋子姊。」

弘也抬頭看著我，叫著我的名字。

「謝謝。」

弘也和櫻井太太再度鞠躬後，走進冰冷的雨中。

幸福。

我的幸福永遠都找不回來了。

叫我「秋子」這個名字的阿爸阿母已經離開了人世，我也想不起叫我「姊姊」的弟弟到底長什麼樣子。

我一定會把所有的事都忘光光。

但是，到了這把年紀，我才知道，即使是下雨的日子，也會有另一種幸福降臨。

所以，即使我都忘光光也沒關係。

只要玄關的門鈴響起，幸福就會上門，如同春天的來臨。

棄老山

「對不起，可不可以讓媽在妳家裡住幾天？」

美和說。

「三天就好，可不可以拜託妳一下？」

我知道她在電話的另一端頻頻鞠躬。如果可以不拿手機，她搞不好會合掌拜託。

美和每次都這樣。她是我妹妹，所以，她口中的「媽」也是我的媽。

我沒有吭氣。

美和的老公被公司派去國外，她獨自照顧兩個正在發育的孩子，還要照顧我媽。

我媽的失智症越來越嚴重，已經無法自行在家照顧，這次終於決定了地點，也已經選好了安養院。美和希望她去辦理相關手續時，由我照顧幾天。我們是母女，照理說，這是理所當然的事，更何況我是姊姊。

美和對我從來不照顧媽媽這件事不曾有過半句怨言，至今爲止，她也從來沒有拜託我照顧媽媽，可見她眞的被逼急了。

即使如此，我仍然沒有點頭答應。

定稿送印前的編輯部內一團混亂，今天恐怕沒有人能下班回家。

以四十歲前後的族群爲對象的新雜誌，從四月創刊至今終於撐了半年，最初因爲新穎的附錄吸引讀者而創下銷售佳績的雜誌，隨著話題性減少，銷量也跟著下滑。再加上競爭雜誌層出不窮，目前正是能不能在雜誌市場生存的關鍵時期。

下屬正在等我這個主編結束這通電話，坐在桌前的我必須趕快掛上電話。

「佳佳，拜託啦，這是我最後一次拜託妳，只要把媽送進了安養院，以後就不會再麻煩妳了。」

美和在電話的另一端鞠躬。

我垂下雙眼，清美看到我電話遲遲沒有講完，把定稿前的彩頁照片放在我桌上。四十多歲的女明星一身白色禮服，臉上帶著微笑。女明星身上的衣服、鞋子、皮包，以及點綴雙唇的口紅，都是美和不曾接觸過的東西，搞不好她根本沒看過。

美和也是年近四十的人，我卻早就過了四十歲，既沒有結婚，也沒有生孩子，一個人自由自在地住在東京都內的公寓。雖說工作忙碌，但定稿後，在時間上很自由。

清美從會議室走出來，終於站在我的身後。

只要我點頭答應，就可以掛上電話。

「佳佳，拜託妳，反正媽已經不記得妳了，媽已經把所有的事都忘光光了。」

問題是我還記得。

我的心跳加速。心臟跳得太用力，我無法呼吸，左手忍不住按著嘴巴，低下了頭。

我清楚記得每一件事。

清美嚇了一跳，但顧慮到我在講電話，在我耳邊小聲地問：

「主編，妳還好嗎？」

清美的聲音越來越遠，四周暗了下來。畢竟已經是晚上了嘛。不對，即使是晚上，出版社仍然燈火通明，更何況是定稿付印前。

我從指縫中呼吸著空氣，然後就像那時候一樣，感覺到四周漸漸變亮，甚至有點刺眼。

那時候，是美和救了我。

美和，謝謝妳。即使是爲了妳，我也會忍耐。

我再度用力吸了一口氣，趁著吐氣時點了點頭：

「好啊，下星期我就有辦法請假了。」

「可以嗎？佳佳，謝謝妳，眞的太謝謝妳了。」

美和在電話彼端一次又一次鞠躬。因爲聲音時近時遠，所以我立刻察覺她在鞠躬。

我才應該對美和說謝謝，如果沒有美和，我無法活到今天。

我在內心嘀咕著絕對不會說出口的話。

電話剛掛斷，清美立刻從我身後指著彩頁照片問：

「主編，這樣可以嗎？」

「可以啊，很好，就用這張。」

清美對我笑了笑，拿起照片，衝進會議室。藤堂把剛完成的排版拿了過來。這次的特集內容是「冬天小旅行提升女人魅力」。

妹妹是這本雜誌鎖定的對象世代，但她應該一輩子都不會翻開這種雜誌。

爲了妹妹，我決定照顧媽媽幾天。

我媽以前整天都在發脾氣。

我只能回想起她生氣的表情和大吼的叫聲。

即使閉上眼，我也想不起她的笑容。

我希望看到她的笑容。

曾經有一段時間，我強烈地這麼希望。

幼稚園時，我去同學道子家玩。道子坐在簷廊前，叫著正在院子裡收衣服的媽媽。

「媽媽。」

「怎麼了？」

道子媽媽手上拿著白色浴巾，回頭對她笑了笑。

「道道，什麼事？」

「我要喝茶。」

「好，好，妳等媽媽一下。」

我站在道子身後，看著她們母女的對話。

道子的媽媽只要聽到道子叫她，就會笑著轉過頭。

我羨慕不已，回到家時，看到媽媽在廚房切蘿蔔，就輕輕地走到她身後叫了一聲：

「媽媽。」

我媽沒有回答，猛然轉過頭。我忍不住倒退了幾步。

「幹嘛？」

她滿臉怒氣，右手還拿著刀子。我被她的表情嚇得說不出話，再度挨了罵。

「沒事不要亂叫，沒看到我在忙嗎？」

我用力點著頭。

「功課做好了嗎？不要在那裡摸來摸去。」

我拔腿逃走了。

我只是想聽她說「怎麼了？」我只是希望她回頭對我展露笑容。切成薄片的蘿蔔在她的手下發出冰冷的光，很快就會被丟進味噌湯，和油豆腐煮在一起。

我忍不住思考到底哪裡出了問題。

爲什麼道子的媽媽露出笑容，我媽卻那麼生氣？同樣是媽媽，不可能有這麼大的差別。

對了，道子的媽媽在院子裡收衣服，我媽在廚房切蘿蔔。在做不同的事時，當然會有不同的反應。

得出這個結論後，我在媽媽收衣服時，又叫了她一次。

結果還是一樣，她一回頭，就叫我不要煩她。

我又忍不住想。道子媽媽手上拿的是白色浴巾，我媽拿的是淺藍色的T恤，下次一定要在媽媽拿白色浴巾時叫她。

我不由得同情當時拚命想這些事的自己。

那時候，我並沒有發現，我媽就是我媽，和道子的媽媽不一樣，一心期待既然同樣是媽媽，就會做相同的事。

遭遇一次又一次的背叛後，我終於知道，我媽就是我媽。

別人的媽媽也許是理想的媽媽，但我媽並不是。

因爲同樣是媽媽，所以會忍不住期待，但我漸漸瞭解，雖然我媽是媽媽，但她已經不是媽媽，只是名叫中田文子的人。

美和帶著媽媽來到我家，我請她們坐在沙發上，把美和帶來的布丁和紅茶端上桌。

「我後天中午就會來把媽接走，」美和滿臉歉意地說，「這幾天就拜託妳了。」

美和向我打招呼，媽媽坐在沙發上，整個人陷進了沙發，打量著我的房間。

我和媽媽已經八年沒見面了，自從我爸三年忌之後，就沒有再見過她。七年忌的時候，我謊稱工作繁忙沒有回家，我媽也沒有說什麼。回想起來，她也許從那個時候就開始失智了。

我媽變得又乾又瘦，好像整整縮了一、兩圈，一頭短髮全白了，滿臉皺紋。

「美美，這裡是哪裡？」

媽媽仰頭看著天花板問，問完之後，仍然張著嘴巴。

「媽媽，這裡是佳佳家啊，我不是跟妳說了嗎？是妳女兒佳佳的家。」

美和語氣溫柔地對張著嘴看她的媽說。

「媽媽？佳佳？」

媽媽看著美和，卻似乎無法理解她說的話。美和聳了聳肩，小聲對我說：

「她什麼都不記得了，統統都忘了。」

美和輕輕拍著媽的肩膀對她說：

「小文，這裡是妳朋友佳代的家，妳要來這裡住三天。三天後，我來接妳，這幾天，妳就住在這裡。」

媽媽點著頭。

「她是佳佳。」

美和指著我。

「佳佳。」

媽媽進門之後，第一次正視我。

「她是妳朋友，所以妳們要好好相處喔。」

美和對媽媽說完後，稍微壓低了嗓門對我說：

「佳佳，妳要記得叫她小文。媽已經變成小孩了。」

媽媽看著我，被垂下的眼皮遮掉一半的眼睛靜如止水。

「小、」我差點無法呼吸，「小文。」

但還是終於叫了出來。

「是，請多關照。」

媽媽對我深深地鞠躬。

媽媽向來叫我「佳代」，叫比我小五歲的美和「美美」，卻從不叫我「佳佳」。

讀幼稚園後，媽就教我學數字。

當我不小心寫反時，她就厲聲叫我的名字：「佳代！」用力打我的右手。

洗澡時，她會教我數數。不知道爲什麼，我總是漏數七，她又厲聲叫著我的名字：「佳代！」把我的頭壓進水裡。每次說錯，就會被壓進水裡，我害怕不已，數到六就不敢繼續數下去。

大學同學曾經說，數字是有顏色的，七是黃綠色，但對我來說，七是黑色的。當我被壓進水裡拚命掙扎時，四周都是一片漆黑的黑色。八和九也是黑色，當我可以數到十時，總是鬆了一口氣。所以，十是幸福的淡粉紅色。

對我來說，只要這個記憶還在，七就永遠無法成為「幸運七」。

我也討厭自己的名字。因為每次我媽叫我的名字，接下來就要挨罵了。

美和學會說話後，曾經叫我「佳佳」的那一天，令我畢生難忘，雖然她的發音聽起來像「渣渣」。

美和在外形上完全遺傳了媽媽的基因，皮膚很白，有一雙長眼睛。小時候一頭褐色的頭髮蓬蓬的，很討人喜歡。我長得像我爸，皮膚很黑，眼睛圓圓的。

我很羨慕美和，我也很希望媽媽可以叫我「佳佳」。

美和很討人喜歡，也很善解人意，所以我根本無法嫉妒她。我一直很自責，因為自己不夠可愛，所以媽媽不叫我「佳佳」。

我在一房一廳的公寓客廳鋪了租來的被褥，作為媽這幾天暫住的房間。她坐在被褥旁的沙發上開始吃布丁。美和甚至來不及喝一口紅茶，就起身準備離開。

走去玄關時，美和一口氣對我說：

「現在不能叫她媽媽，不然她會陷入混亂，要叫她小文。如果她說想要去找媽咪，或是回日高，妳就回答說，明天帶她去。即使剛吃完飯，也會馬上說要吃飯。這時候就對她說，妳馬上會去做飯，叫她等一下。她很快又會忘記，一天會說好幾次，所以妳也要回答她好幾次，她就會知道了。」

「日高是？」

我沒有點頭，問了美和這個陌生的字眼。

「日高是媽出生的地方。」

「埼玉縣的？」

「對。媽好像回到那個時候了，說的話也完全不一樣了，我猜想那應該是日高的方言。」

美和低頭綁鞋帶，她才剛滿三十五歲，白髮已經非常明顯。她整天陪著三不五時要吃飯的母親，可能根本沒時間染髮。高跟包鞋磨損得很嚴重，也似乎很久沒擦了，和不施脂粉的臉一樣浮著一層白粉，看起來乾乾的。

但是，我無法不把這些話說出來。

「媽也太狡猾了，竟然變成現在這個樣子。」

我對著美和的後背說這句話時，淚水忍不住撲簌簌地流了下來。

「她竟然忘了一切，竟然把我也忘了。」

美和抬頭看著我。

「她曾經那樣虐待我。」

「佳佳，」美和的眼中也含著淚水，「對不起，我知道妳很痛苦，但只到後天而已，拜託了。」

「媽咪。」

客廳傳來媽媽的叫聲，她毫不害臊地大聲叫喊。

美和雙手合掌。

「眞的很對不起，有什麼事，記得打電話給我。」

美和打開玄關的門走了出去，腳步聲在走廊上越來越遠。她要花將近兩個小時才能回到橫濱的家，家裡還有兩個正在讀小學的孩子在等她。

我擦了擦眼淚。

「來了。」

坐在客廳的是小文，不是曾經虐待我的媽。

我打開了客廳的門。

媽媽生我之前是小學老師，剛懷了我的時候，我爸被公司派去外地工作，她只好辭去教職，回家當家庭主婦。

她隨時都拿我和其他孩子比較。

我在畫畫時，她拿我和很會畫畫的吉見比較，寫作文時和松田比較，寫毛筆字時是岡本，數學、國文又會說出其他小孩的名字，每次都拿我和他們比較後，罵我多麼不成材。

那些孩子都是她以前的學生，她總是把我和她最優秀的學生進行比較。

所以，無論我做什麼，都無法讓她滿意。

第一次回家寫作文時，我好不容易塡滿了老師發的空白稿紙後給她過目。那時候，我在交作業前，要先過她這一關。

她看完作文後對我說：

「擦掉。」

我懷疑自己聽錯了，因爲難以置信，所以我沒有動彈。

「全都擦掉。」

說完，她把橡皮擦塞進我的右手。

「不要。」

我大叫著哭了起來。

「妳的作文寫得太差了，所以我要教妳怎麼寫。廢話少說，趕快擦掉。」

媽媽用力打向我的後腦勺，我的額頭差一點撞到書桌。

我哭著擦掉剛完成的作文，只要手一停下，她就會打我的頭，所以，我一直拚命擦。

當我全都擦完後，我媽說：

「我怎麼說，妳就怎麼寫。」

我沒有點頭，但她不理會我，自顧自地說了起來。

「遠足的時候，逗號，我們去了花水木公園，句號。」

我無可奈何地把媽媽說的話填進稿紙的格子裡。

「一開始，逗號，我和洋子，逗號，一起盪鞦韆，句號。我很用力地，逗號，把鞦韆盪起來，句號。」

我不想加標點符號，所以「我和洋子」後面沒有加逗號，就直接寫下去。媽媽看到我沒寫標點，立刻在我身後大聲喝斥：

「我和洋子後面要加逗號，逗號呢？」

「我不想在這裡加逗號。」

我的話音未落，媽媽就打了我的頭大吼道：

「那裡要加逗號！」

她的尖叫聲和我額頭撞在桌子上的聲音重疊在一起，佔據了整個腦袋。

「那裡要加逗號、逗號！」

我只能加上逗號，眼淚滴在我很不甘願寫的逗號上。

「媽咪。」

媽媽又大聲地叫了起來，她叫「媽咪」，是在叫以前住在埼玉縣的外祖母嗎？外祖父和外祖母早就去世，我從來沒有見過他們。

「來了。」

我決定假裝自己是外祖母。美和說，最好能夠順我媽的意。

我把自己當成是外祖母，面帶笑容地走向坐在沙發上的媽媽，那是我從來沒有體會過的、像媽媽的樣子。

媽媽轉過頭，目不轉睛地看著我。

「不是。」

她嘀咕了一聲，把頭轉到一旁。

瞞不過她。難道我和她媽媽長得不像嗎？

「姊姊，妳是誰？」

我在她對面的沙發上坐了下來，她問我。

「呃，妳是小文吧？」

媽媽頓時露出欣喜的表情。

「對，妳怎麼知道我的名字？」

「因爲我們是朋友啊。」

我不加思索地回答。

「我叫佳佳。」

「佳佳？」

「對，我叫佳佳。」

媽媽注視著我的臉，我對她嫣然一笑，她也跟著笑了起來，只有滿是皺紋的嘴角微微上揚的淡淡笑容。她的肌肉已經僵硬，無法整張臉都笑起來。

「佳佳。」

她帶著嘴角的笑容，看著我，叫著我的名字。
我忍不住哭了起來。
媽媽終於笑了，她終於叫我「佳佳」了。
我淚流不止，雙手捂著臉放聲大哭。
「佳佳，妳怎麼了？」
她站了起來，走到我身後，拍著我背。咚咚地，拍得很輕柔。
但是，她已經不是我的媽媽了。
咚咚，咚咚。
她是小文。
「佳佳，妳還好嗎？」
如今，她不再是我的媽媽，變成了小文，才叫我「佳佳」。
她太狡猾了。

無論作文還是閱讀感想，我都只能聽寫我媽口述的內容，就連日記也無法隨心所欲地寫。
畫圖、美勞作業和毛筆字，都是我媽代勞，無論我怎麼努力，都無法讓她滿意。

她跪坐在榻榻米，拿起新年寫書法用的大楷毛筆，寫下「健康的孩子」幾個字的身影，我永遠無法忘記。

我曾經偷偷地把自己寫的書法作業交給老師，我媽知道後怒不可遏，把我寫的所有書法作業都撕光，一張也不剩。我只能把她寫的書法交出去。

於是，我乾脆不把作業帶回家，盡可能都在學校寫完。雖然幾乎都可以矇混過去，但曾經有一次被媽媽發現，把我的自畫像撕成四片。雖然只是塗了顏料的白紙，卻感覺好像自己被撕爛了。

之後，媽媽拿起筆，畫了我的臉。她要求我坐在桌旁，她在對面畫我。

「佳代，妳不要動。」

我根本沒動，她就把顏料管丟了過來。那是黃色的顏料，從此之後，我討厭黃色。

我討厭的東西越來越多，連討厭媽媽的自己也討厭。

「這裡是哪裡？」

媽媽把手放在我的背上問。

「這裡是我家。」
我擦著眼淚回答。我不能一直哭下去。
「佳佳的家嗎?」
「對啊,小文,妳今天要住在我家。」
「住到什麼時候?」
「後天。」
「我媽咪在哪裡?」
我不知如何回答。媽媽把手從我背上拿開,走到房間正中央。
「我媽咪在哪裡?」
她似乎準備大叫了,我站了起來,站在她面前,把手放在她單薄的肩上。她的肩膀在很低的位置。
「媽咪後天會來接妳。」
「媽咪在家裡嗎?」
「對啊,妳要住在這裡,媽咪在家裡。」
媽媽目不轉睛地看著我,最後似乎終於瞭解了狀況,又在沙發上坐了下來。
「小文,妳很喜歡妳媽咪吧?」

我低頭看著她，問完這句話的同時，眼淚又差一點流出來。

「我媽咪很會做衣服，幫大家做衣服，這件衣服也是……」

她雙手的手指向內側彎曲，張開了雙手，但她今天穿了一件富有光澤的小碎花棉料兩件式洋裝。

「這件不是，但她經常幫我做衣服。」

「眞是好媽媽。」

「雖然她很忙，但下雨的時候，就會在家裡陪我玩。」

我從來沒有聽過媽媽用這種語氣說話。

她已經不是我認識的媽媽了。

「她會幫我縫小沙包，也會縫娃娃的衣服，陪我一起玩花繩。」

「是喔。」

我勉強擠出回答。

我媽太狡猾了，她的媽媽對她那麼好，她卻沒有爲我做任何事。

我全都記得一清二楚，她卻把自己做過的事忘得一乾二淨。

我媽太狡猾了。

下雨的日子，我媽帶著雨傘來學校接我。

因爲早上出大太陽，很多同學都沒有帶傘，因爲大家已經是小學生了，所以大部分父母都沒有來接，我媽卻帶著雨傘來接我。

「佳佳，妳眞幸福。」

我的好朋友洋子說。

「妳媽媽眞好。」

洋子也沒有帶傘，但她媽媽沒有來接她。

那時候，我已經知道事情並不是表面看到的這麼簡單。媽媽這麼做並不是爲了我，而是爲了扮演一個好媽媽。

除此以外，她還有各種表演方式。

比方說，幼稚園的繪本包、園兜衣上繡名字、放運動服和室內鞋的袋子，都必須由媽媽親自動手做，每一個都精巧絕倫，令班導師讚不絕口，每位班導師都說同樣的話：

「佳佳，妳媽媽眞好，會做這麼漂亮的東西。」

我媽在製作這些東西時，完全不和我說話，有時候甚至持續一個星期。我主動找她說話，都會被她斥責，把我從身邊趕走。

那並不是爲我做的，而是爲她自己，爲了讓別人覺得她是一個好媽媽。她總是以完美母親爲目標。

「洋子，我們一起撐傘。」

我邀洋子一起回家。我媽帶來的是黃色雨傘，上面有長頸鹿的圖案。

「妳的雨傘好可愛。」

洋子說，我媽在一旁聽了很開心。

我不喜歡這把雨傘。雖然很漂亮，很可愛，但我更喜歡從幼稚園時就開始用的那把藍色的傘。那把舊傘是鄰居哥哥送我的，折痕的地方已經褪色了，但那是我第一把可以自由使用的雨傘。

但是，如果我這麼說，我媽一定會把那把傘丟掉。

我媽就是這種人。

「飯還沒好嗎？」

媽媽問，她不知道什麼時候把放在桌上的布丁和紅茶都吃光、喝光了，而且我和美和的盤子、杯子也空了，美和沒有碰就立刻回家了。

這時，我想起一件事。我與美和都很愛吃布丁，但媽媽並不喜歡，她每次買三個布丁回家，都會剩下一個。我們曾經多麼想和她一起吃布丁。
她似乎連喜歡不喜歡也忘了。
「我想吃飯。」
我抬頭看時鐘，才三點不到。
「但是，妳不是吃了午餐嗎？」
「我沒吃。」
她不加思索地回答。有那麼一下子，我信以爲眞，以爲美和沒給她吃午餐，但美和不可能這麼做。
「晚餐時間還早，到了晚餐時間，我就會去煮。」
我看著她的眼睛，一字一句地說。她的眼睛混濁無光，完全沒有表情，也不知道她有沒有聽到我說話。
「我肚子餓了。」
媽媽幽幽地說。
她說得比剛才大聲了，我嚇了一跳，擔心她會吵鬧。
「我知道了，我來煮飯，妳等一下。」
不等她回答，我逃也似地走去廚房。

美和說，媽媽喜歡吃燉南瓜，叫我事先煮好。她連以前討厭的布丁都可以吃了，恐怕不見得會喜歡燉南瓜，但我還是把一大鍋事先煮好的燉南瓜加熱。

香噴噴的味道在並不算大的家裡擴散。

不知道是不是聞到了味道，媽媽走到瓦斯爐旁。雖然她的失智越來越嚴重，但腳步還很穩健。

她的腳邊有一灘水。

「媽，怎麼會有水？」

我在發問的同時恍然大悟。

她失禁了。

她驚訝地看著自己腳下的水，水從沙發那裡一路流過來。

我讓她站在原地，翻起她的裙子一看，她的尿布全濕了，已經滑到了大腿。

「媽，妳不要動。」

尿都滲了出來，尿味比南瓜的味道更強烈。

因爲事出突然，手邊沒有抹布，我讓媽媽站在原地，用廚房擦手的毛巾簡單地在她周圍擦了擦，然後帶她走去浴室。她會自己脫裙子，卻無法脫上衣。我爲她解開每一個用和衣服相同布料包起的鈕釦，脫掉上衣，也脫下內衣，幫她沖了澡。我自己來不及脫衣服，身上的針織衫和牛仔褲全都濕了。

走出浴室，立刻聞到一股焦味。我忘了關瓦斯，燉南瓜都燒焦了。

我爲媽媽擦乾身體，換好衣服，讓她坐在沙發上，把早起煮好的燉南瓜和西比拉牌（Sybilla）的毛巾都丟進了垃圾桶。我也想把媽媽原本的衣服丟掉，只是想到美和，又改變了主意，只好丟進了洗衣機。

原來美和每天這麼辛苦。因爲我不想知道，所以一直沒問。我不想知道。

「媽咪。」

她又大聲叫著，我探頭望著她。

「姊姊，妳是誰？」

她似乎又忘了我是佳佳。

「我是美美的朋友佳佳。」

我又重複了一次。

「美美？」

她連美和也忘了。

我想起在玄關低頭看到美和的白色髮旋。美和爲了照顧她，連頭髮都白了，而且頭髮白了之後，甚至沒有時間染頭髮，她居然把美和忘了。

「我肚子餓了。」

即使這樣，我也無法生氣。抬頭一看，已經五點多。我叫了外賣，兩個人一起吃完了。

我把碗盤簡單地沖洗了一下，放去家門口，回到客廳時，媽媽又對我說：

「我肚子餓了。」

我懷疑自己聽錯了。她才把有三條炸蝦的天丼吃光而已。

「飯還沒煮好嗎？」

每天從早到晚，媽媽就叫著我的名字「佳代」，罵我、打我。

所以，只有被子是安全的場所。我在睡覺的時候，她從來沒罵過我，也沒打過我。

當年住的國宅房子是兩房一廳，雖然比現在住的地方房間數多，但房間都很小，當然也不可能有自己的房間，放了書桌的角落是屬於我的空間。只是我坐在那裡的時候，媽媽總是站在我背後責罵，打我的頭和手，所以我很討厭那裡。

天黑之後，我把被子鋪在書桌旁。美和還小，和媽媽一起睡在隔壁房間。隔開房間的紙拉門拆了下來，變成了一個房間，所以幾乎是母女三人並排一起睡，但躺進被子裡，才是眞正只屬於我的空間。

我期待夜晚的來臨。

我總是最早睡覺。只要躺下睡覺，就不會挨打。

而且，我必定尿床。

也許是因爲只有躺在被子裡才能眞正放鬆。上了小學之後也常常尿床，每次都被媽媽打屁股。

只要一離開被子，就會被打屁股。

只有躺在被子裡的時候才幸福。

「這裡是哪裡？」

媽媽躺下後不久問我。不知道她醒了，還是根本沒睡。

我可能太累了，坐在媽媽被子旁的沙發上快睡著了。聽到她的問話，猛然抬起頭回答。

「這裡是佳佳的家，妳今天要住在這裡。」

「什麼時候回家？」

「後天，妳只住兩天。」

「媽咪呢？」

「妳在這裡住兩天後，媽咪就會來接妳，所以，妳趕快睡覺。」

她似乎聽懂了，在黑暗中閉上了眼睛。

她進門之後，我們已經重複了多少次相同的對話？

媽媽老了很多，但是，黑暗中，臉上的皺紋被重力拉平了，白白淨淨，像小孩子般天真無邪。

我茫然地看著她，手機響了。是美和打來的。我起身去走廊接了電話。

「佳佳，情況還好嗎？」

「嗯，還好，我終於知道妳以前有多辛苦了。妳那裡辦得怎麼樣？」

「嗯，我剛從安養院回來。雖然我一直很惦記，但對不起，這麼晚才打電話給妳。因為安養院很遠。」

之前已經等了好幾年，只是一直等不到附近安養院的空床，我媽的失智症情況越來越嚴重，所以決定送去外地的安養院。位在山裡，開車要兩個小時。

「那家安養院怎麼樣？」

「嗯，是一家新的安養院，很乾淨，又是單人房，位在山裡，環境很不錯，只是太遠了，感覺好像棄老山。」

美和越說越小聲，好像覺得很愧疚。

「她被丟去那種地方也是理所當然啊，本來就是這麼一回事。」

我忍不住說道。美和沒有回答。她總是這樣。

「媽有沒有尿出來？」

停頓了一下，美和改變了話題。

「只有一次，之後我就很小心。」

「對不起。」

「別這樣，妳不需要跟我對不起啊。」

「她不想去廁所，像小孩子一樣。問她要不要上廁所，她說不用，其實根本已經憋不住了。」

美和似乎在笑。她應該就是用這種一笑置之的態度，和已經失智的母親生活多年。

「媽眞的太狡猾了，把什麼都忘得精光，我根本忘不了。」

我無法一笑置之，我無法淡然處之。雖然明知道這些話對美和說也沒用。

「竟然變成了小孩子，妳猜她今天叫了幾次媽咪？」

「她在說她媽咪的事時總是眉飛色舞，她上了年紀後，把所有的不愉快都忘了。妳別看她這樣，其實她吃了不少苦。妳知道外公在戰爭中死了的事吧？」

「這就是她吃的苦嗎？」

「不光是這樣，之後她被送去當了養女，那時候才六歲。」

我不知道。我注視著媽媽閉著眼睛的臉龐。

「她在失智之前曾經告訴我，她被收養家庭的人凌虐。她在睡覺時，被那個家裡的小孩子用火箝燙在身上。她爲了爭一口氣，所以拚命讀書。」

媽媽微微張開了嘴。這次似乎眞的睡著了。美和繼續說了下去。

「所謂養兒方知父母恩，我現在終於能夠體會她當時的心情了。像我生了孩子，托兒所滿額，無法托兒，不得不辭職，我老公又在國外，根本沒辦法幫我。媽說她當初也是這樣，雖然她拚命讀書，好不容易當上了老師，卻不得不辭職，她也很痛苦。」

我不懂。

美和選擇結婚、生子，我沒有選擇走那條路，因爲我怕這條路通向的未來，我怕自己也會做出像媽媽一樣的事。

所以，我不懂。

我無法原諒。

「很慶幸她失智了，不愉快的事可以統統忘記。」
美和語帶開朗地說。
媽媽忘記她生下了我，這代表對她來說，我是不愉快的記憶？
掛上電話後，我仍然站在走廊上無法動彈。

在我五歲的時候，美和出生了。
美和從來不曾挨罵，媽媽也沒有在她上幼稚園之前要她學換衣服、拿筷子、綁鞋帶；即使字寫反了，也不會打她；即使數錯了，也不會把她壓進浴池的水裡，應該說，媽媽從來不會要求她在洗澡的時候數數。
只有我受到虐待。
上小學後，我每天放學都要寫功課，每次只要寫錯，就會挨打、挨罵。
只要媽媽罵我，美和就走去沒有書桌的房間，獨自在那裡用剪刀剪報紙或廣告紙。美和的周圍總是滿滿的碎紙屑，她低著頭，在一堆紙屑中繼續剪，直到媽媽不再罵我。
美和長大後，曾經對我說：
「那時候，我很害怕妳每天從學校回來，因爲媽媽都會發脾氣。我以爲自己讀小學也會這樣，所以一直不想讀小學。」

美和的不安只是杞人憂天。

她升上小學後，這種事也沒有發生在她身上，我從來沒有看過媽媽罵美和。

美和說，媽媽半夜會起床好幾次，但她一覺睡到天亮。

對她來說，畢竟是和一個陌生人，住在陌生的家中，她應該也累了。

她的尿布又濕透了，整個房間都是尿騷味。我決定不在意這件事。既然媽媽沒有不舒服，就讓她繼續睡吧，反正再去租一床被子回家就好。

她一張開眼睛就坐起來問我：

「這裡是哪裡？」

「這裡是我家，佳佳的家。」

我又重複了一次。不知道今天要重複這兩句對話多少次。

我立刻帶她去浴室，幫她沖了澡，換上新的尿布。

我突然想到，以前她是不是也這樣幫我換尿布。

雖然我完全沒有記憶，但因爲她當初餵我奶、爲我換尿布，才有現在的我。

況且，也許她生下我，就該對她心存感激。

但是，我搖了搖頭。我無法感激她。

所有記得的記憶，所有延續不記得的過去之後的記憶，都讓我無法輕易放下。

媽媽穿著尿布走去走廊，我立刻脫掉被水淋濕的衣服，穿著內衣褲追了出去。如果有外人看到一個老人和一個中年女人這身打扮，一定會恥笑不已。我必須先幫她把衣服穿起來。

打開美和帶來的行李袋，把媽媽的衣服拿了出來。棉料上衣和開襟衫，配一件有光澤的棉料裙子。

我把衣服攤在只穿了尿布，坐在沙發上的媽媽面前。

「不要這件，我不想穿這件。」

我媽媽說。

「妳想穿哪一件？」

我把行李袋裡剩下的衣服拿了出來。

「這件。」

她拿了一件淡紫色的棉料兩件式洋裝。衣服很好看，媽媽皮膚很白，穿在她身上一定很漂亮。

媽媽很有品味，這件衣服可能是她自己挑選的，不可能是不拘小節的美和幫她買的。

我跪在媽媽面前爲她穿襪子時，打了一個大噴嚏。

「妳還好嗎？」媽媽說，「趕快去穿衣服。」

這種命令式的口吻太熟悉了，我驚訝地抬頭看著她。

她低頭看著我。我以爲回到了從前。

但是，我想太多了。媽媽若無其事地讓我繼續爲她穿襪子。

媽媽總是把自己打扮得很漂亮。

她每個月都會去美容院燙髮，也經常染頭髮。

她曾經穿和服去參加教學參觀日，感覺特別好看。

「佳佳的媽媽眞時髦。」

曾經有同學對我這麼說。

但是，媽媽回家時，都只談論老師的上課方式。哪位老師的板書太差，課堂不夠緊湊，完全不讓學生有機會思考……一味批評老師，完全不關心我。她始終以爲自己還是學校的老師。

家裡也很乾淨。兩個房間雖然都是榻榻米，但榻榻米從來沒有起毛，無論水壺或是鍋子都擦得亮晶晶，完全沒有絲毫黯淡。她討厭舊的、髒的、壞的和褪色的東西。

我很珍惜爸爸在國外買給我的兔子絨毛娃娃，我叫它「兔兔」，每天晚上都抱著它睡覺。

爸爸從來不罵我，看到媽媽罵我，也不會制止，只會坐在矮桌對面，露出難過的眼神看著我。也許他覺得自己不常在家，沒有立場出言干涉。

但是，爸爸在家時，媽媽不再對我暴力相向。當爸爸探親結束，回到工作崗位後，我連白天也會抱著兔兔。只要有兔兔，即使媽媽打我，我也不孤單，兔兔總是陪著我一起挨打。

我無論去哪裡都帶著兔兔，它身上的毛糾結在一起，變成很多毛球，顏色也漸漸褪色，原本的淡粉紅色變成了棕色。

在我讀幼稚園之前，媽媽說兔兔太髒了，就把它丟掉了。

之後，媽媽經常說我的洋娃娃頭髮糾結在一起，或是絨毛娃娃掉了一隻眼睛，就把它們丟掉了。我好幾次哭著央求說，它們還很乾淨，還沒有壞，乞求可以讓它們留下。

媽媽不允許它們留下，就好像她開始冒白髮後，就會一根不剩地全部染黑一樣，只要有任何她不中意的東西，她就會讓它們從家裡消失。

所以，我一直深信，一旦我也壞掉，就會被丟棄。

「飯還沒煮好嗎？」

從早上到現在，媽媽已經問了二十次。

她明明已經吃過早餐，也吃過午餐了。

「我正在做，妳等一下。」

我回答了第二十次美和交代我的話，走去廚房。雖然我並沒有在煮任何東西，但既然請她等一下，當然不可能坐在沙發上。

「我肚子餓了。」

她又開始吵鬧。

「這裡是哪裡？」「姊姊，妳是誰？」「我媽咪呢？」「飯還沒煮好嗎？」

這四句話她不知道重複了幾次。

我很驚訝自己居然沒有對她吼叫，或是動手打她。老實說，當初美和叫我照顧媽媽幾天時，我心裡很害怕。虐待老人的事時有所聞，我可以輕易想像自己凌虐媽媽，發洩幼時心頭之恨的身影。

「媽咪。」

媽媽大聲叫著，我走回客廳。

「媽咪很快就會來接妳了。」

我對她說，但她趴在沙發上哭了起來。

「媽咪，我想吃南瓜。」

簡直就是一個吵鬧的孩子。看到她這種樣子，內心的恨意也消失了。雖然很懊惱，但現在眞是恨不起來。

「妳想吃南瓜嗎？」

我問媽媽。

「我想吃媽咪的南瓜。」

「妳喜歡妳媽咪的南瓜嗎？」

媽媽抽抽答答地點著頭。美和說得沒錯，她只有念念不忘燉南瓜。

「好。家裡沒有南瓜，我現在就去買。」

媽媽抬起頭，淚水掛在她臉上的皺紋上。

公寓對面就是便利商店，應該有賣燉南瓜吧。我一路跑去對面買。

前後只不過十分鐘而已。回到家時，我急急忙忙地用鑰匙打開門，立刻聽到家裡傳來嘩嘩的水聲，我衝進屋內。

媽媽穿著尿布站在廚房流理台前，水從水槽裡溢了出來。媽媽當然渾身濕透，連地上也都是水。

「妳在幹什麼？」

我立刻關了水，她前一刻穿在身上的淡紫色裙子揉成一團，塞在水槽的排水口內。

「我想燒洗澡水。」

她戰戰兢兢地說。可能從我的態度已經發現自己做錯了事。

「結果水關不起來。」

媽媽雖然已經在這個家洗過兩次澡，但仍然不記得浴室在哪裡，似乎把流理台的水槽當成了浴缸。因爲找不到塞子，就脫下裙子塞住。想要放水時，又不知道怎麼打開水龍頭，摸了半天之後，終於打開了，卻又不知道該怎麼關起來。

我顧不了媽媽，先動手擦地板的水，萬一漏到樓下，後果不堪設想。當我大致擦乾淨後，聞到了異樣的味道。

媽媽的尿布髒了。

我很想哭。媽媽察覺到自己失禁，想要自己清理。即使她已經退化成小孩子，仍然這麼愛乾淨。

「小文，對不起，我剛才沒有發現。」

我把媽媽帶去浴室。

因爲還無法適應照顧她的生活，所以一直沒有讓她泡澡。我在浴缸裡放了水，讓她泡了澡。

我無法和她一起泡澡。

並不是因爲覺得她失禁而覺得髒，而是我還無法原諒她。當年她爲我洗澡時，因爲我不會數七，頭就被壓進水裡。如果現在要她數數，她能夠數到十嗎？

我抱著膝蓋坐在浴室內，看著媽媽泡在浴缸內，輕輕地吐了一口氣。

我每次考試都必須考一百分。

從我剛上小學開始就是如此。即使考到一百分，也不會得到稱讚，但如果考不到一百分，就會挨罵。所以我拚命用功讀書，考試時也一再檢查，避免粗心考不到一百分。

我的努力沒有白費，大部分考試都得到了滿分。

但在一年級快結束時，有一次漢字聽寫考試時，我有一題不會寫。我平時在家已經在做二年級的習題，卻怎麼也寫不出那一題。

ㄕㄤˋ ㄒㄧㄢˊ ㄩㄝˋ。

也不知道那是什麼意思。

如果不寫，就會挨罵，但如果隨便亂寫，結果寫錯的話，還是會挨罵。

媽媽握著我拿了鉛筆的手，讓我一次又一次、一次又一次地練習寫錯的漢字，即使筆記本滴到淚水破了，媽媽仍然緊握我的手。她折磨了我半天之後，把我從椅子推到地上。

我想起之前沒有考到一百分時的情況，感到不寒而慄。

我偷瞄了我旁邊男生的考卷，他也沒寫。我又轉頭看向隔了走道的女生的考卷，她也沒寫。

我抬頭看老師，老師在講台上低著頭。考試快結束了，老師正在確認點名簿。

我看向斜前方美雪的考卷。美雪的父母都是醫生，我媽擅自把她視爲我的競爭對手，一直拿我和她相比。

幸好美雪坐在我的右斜前方，我剛好可以從她手臂縫隙中看到解答欄。

上弦月。
我是二月出生，所以那時候還沒滿七歲，甚至不知道「作弊」這兩個字。我不由得疼惜當年年幼卻不得不作弊的自己。

天還沒亮。
聽到房間裡有動靜，我猛然醒了。媽媽睡的被子空了，我馬上跳了起來。
嘎答嘎答嘎答嘎答嘎答嘎答。
玄關傳來執拗地轉動門把的聲音。
媽媽穿著睡衣，但行李袋掛在手肘上，想要打開玄關的門。我原本兩道鎖都鎖好了，如今上面已經打開，她似乎沒有察覺雙重鎖的下面。她差一點就成功脫逃了。
媽媽聽到我的腳步聲，轉過頭說：
「這扇門打不開，幫我打開。」
「妳要去哪裡？」
「我要回家。」
「哪個家？美和的家嗎？」

「當然是日高的家啊，我要回日高。」

「日高的家已經沒有了。」

我的話還沒說完，媽媽就大聲叫著：

「幫我開門，我要回家！」

她用力敲著門。我從她身後抱住她，立刻被她甩開，我一屁股坐在玄關的踏墊上。抬頭一看，發現媽媽光著腳。

「小文。」

不知道爲什麼，我竟然差一點笑出來。母親在天亮之前，穿著睡衣，光著腳，想要去尋找已經永遠不存在的、孩提時代的家。

「小文。」

我又叫了一次，媽媽放下敲門的手，回頭看著我：

「姊姊，妳是誰？妳怎麼知道我的名字？」

我坐在門口的踏墊上回答：

「我知道啊，妳叫小文，對嗎？」

我什麼都知道，雖然我根本不想知道。

「妳媽媽是不是很會做衣服？」

媽媽在昏暗中點著頭。

「妳很小的時候就會縫小沙包，妳媽媽還稱讚妳，對嗎？妳也很會找薏苡仁，對嗎？」

媽媽頻頻點頭。

「妳也很會用櫻花花瓣吹出聲音，對嗎？」

媽媽的臉上綻出了笑容。她只有嘴角微微上揚，慢慢地笑了起來。

今天是我和媽媽最後一天生活。短短三天期間，媽媽告訴我很多事。

她媽媽很會做衣服。她爸爸總是和她親親臉。做散壽司時，她媽媽總是用扇子把壽司搧涼。散壽司很好吃。雖然當時雞蛋很珍貴，但她爸爸把雞蛋淋在米飯上餵她吃。她燉了種在院子裡的南瓜，大家都稱讚說很好吃。

媽媽太狡猾了。

即使我考了一百分，她也從來不稱讚我。她也從來沒有做散壽司給我吃。

她永遠停留在六歲之前的記憶中，我一定只會留下她虐待我的記憶。

「小文，」

我抬頭對站在門前，露出天真無邪的表情注視著我的媽媽說：

「我最討厭妳了。」

我希望在媽媽的幸福記憶中，留下一個被人說討厭的記憶。
媽媽一臉茫然，似乎在思考這句話的意思，我又一字一句地重複了一遍：
「小文，我最討厭妳。」

那是我讀三年級那年的冬天，學校發了數學考試的考卷。
我才七十分，忍不住懷疑自己看錯了。對我來說，七是不吉利的數字。雖然是用紅筆打的分數，但在我的記憶中，至今仍然是墨黑色的。
我的乘法筆算方法似乎不對，最後六題全錯了。
「妳難得考這麼差，是不是哪裡記錯了？」
班導師說。我已經忘了她的名字，但我記得她當時的嘴。她的嘴唇露出笑容，完全不知道自己打的分數會對學生造成怎樣的後果。
我在回家路上撕下分數的地方，揉成一團後，丟進了公園的垃圾桶。
回到家後，媽媽正在哄美和睡覺。美和睡午覺的時候，媽媽從來不罵我，我鬆了一口氣，把考卷拿給她看。
「不小心勾到桌子，所以撕破了。」
我心跳得很快，甚至擔心自己的心跳聲把美和吵醒。

媽媽一言不發地看著考卷，然後把考卷還給我。
我鬆了一口氣，天眞地以爲她沒有發現我才考七十分。
媽媽站了起來，走去廚房時對我說：
「佳代，妳過來。」
她的聲音很小聲，好像在呢喃。我竟然以爲她要給我吃點心。
我跑到媽媽身旁，她突然掐住我的脖子。
我拚命掙扎，桌子上的東西被我掃到地上打破了。可能是杯子，冰冷的水滴濺到我臉上。
我痛苦地掙扎了很久，漸漸覺得無所謂了。四周暗了下來，似乎從很遠的地方傳來聲音。
「像妳這種小孩子不如死了算了。」
算了，死了也沒關係。
當我這麼想時，周圍完全變得黑暗。
這時，我聽到「嗚啊啊」的哭聲。那是很熟悉的哭聲。
「佳佳，佳佳。」
對了，是美和的聲音。

我清醒過來時，立刻用力咳嗽。我趴在地上咳嗽，最後把營養午餐吃的東西全都吐了出來。

「佳佳，佳佳。」

美和繼續哭著。

那個聲音趕走了黑暗，我在明亮的光線中，光刺得我的眼睛發痛。

美和救了我，救了差一點被媽媽掐死的我。

吃完土司、荷包蛋培根的早餐後，我決定送媽媽去美和家。

美和原本說中午過後，要開她老公道夫的車來接媽媽，但我不想繼續和媽媽在一起，我想要早一秒擺脫她。

我為她換上第一天來的時候穿的那件小碎花兩件式棉料洋裝，淡紫色的兩件式洋裝還沒乾，我塞進塑膠袋，放進了行李袋。

我在家裡走來走去，檢查有沒有遺漏什麼東西。我不想讓她的一根頭髮留在這個家裡，我想要消除她曾經來過這裡的所有痕跡。

「媽咪。」

媽媽又坐在沙發上大叫。

「小文，我們現在回家。」

「回家嗎？」

「對啊，我送妳回家。」

「謝謝。」

媽媽只有嘴角露出笑容。

她以爲要回到她六歲以前住的日高的家，她已經不記得悉心照顧她多年的美和，也忘了美和他們爲了接她同住，而特別建造的房子。

「美和是好孩子，爲我生了孫子，是我的孫子。」

之前在美和家見到她時，她抱著美和剛生下的孩子，故意這麼對我說。如今，她也隻字未提這個孫子。

媽媽用沒有表情的雙眼看著我。

「姊姊，妳是誰？」

她的記憶中並沒有留下別人討厭她的記憶，不光是我剛才對她說的話，她甚至不記得曾經在這個家裡住了兩晚。

我不再理會她，讓她站起來後，走向玄關。她乖乖地跟在我身後，就像迷路的孩子，什麼都搞不清楚，但仍然乖乖地跟著大人走。

下雨了。
媽媽的雨傘撐得很不穩，於是我們兩個人一起撐同一把傘。
冰冷的雨。每下一場雨，冬天的腳步就更近。
「要去哪裡？」
可能走在雨中的陌生街道上令她感到不安，走去車站的路上，她連續問了好幾次。
「要回家啊。」
原本擔心她會在車站吵鬧，但媽媽東張西望，幾乎沒有說話。
我在月台上緊握著媽媽的手。前往橫濱的湘南新宿線列車遲遲沒有進站。
媽媽的手又冷又乾。
我想起自己曾經尋求這隻手，走在街上時，想要牽著她的手。那時我剛讀幼稚園，其他小朋友都牽著媽媽的手回家，我戰戰兢兢地伸出了手。
那時候，櫻花還盛開著。
媽媽不知道在生什麼氣，她甩開了我的手。
櫻花紛紛飄落，媽媽沒有牽我的手。

那時候，我是多麼渴望她牽我的手。

如今，媽媽被我握著手，望著從月台屋頂上滴落的雨滴。

如果我鬆開她的手會怎麼樣？也許她會掉落鐵軌而死，也許她會迷路，變成無名氏，被送進某家養老院。

但是，我還沒有放開手，列車就駛入了月台。

車內很擁擠，我拉著媽媽的手上了車，一個身穿西裝的年輕人爲她讓了座。媽媽向他鞠躬道謝。

「謝謝你。」

她已經恢復了老人說話的語氣。我以爲她恢復正常了，不一會兒，她就問握著吊環，站在她面前的我：

「飯還沒煮好嗎？」

無奈之下，我只好帶她走進橫濱車站的擁擠人潮，和她去吃了立食烏龍麵。

我在一旁看著媽媽吃烏龍麵，忍不住又思考如果我就這樣掉頭走人，她會怎麼辦？她一定會在橫濱車站內徘徊，也不知道到底是誰把她留在這裡。她已經不記得我，也不記得美和了，所以既不會寂寞，也不會難過，更不會吵鬧，在我回家之前，也不會有人發現她被人拋棄了。原來丟老人比丟嬰兒簡單多了。

「我吃飽了。」

媽媽對著連湯也喝得精光的大碗合掌說道。我再度牽著她的手上路。

搭乘私鐵前，我們一起走進月台廁所的同一個小房間，我爲她換了尿布。往郊區的電車很空，我們並肩坐在一起。坐在座位上時，我也一直握著她的手。

這應該是我丟掉她的最後機會。這輛列車到了終點後，車站工作人員會確認所有乘客都下車後再折返。我只要在下一個車站下車，把媽媽留在車上就解決了。在車站工作人員發現之前，媽媽會一直坐在這輛列車上，完全不知道自己遭到遺棄。

我鬆開她的手站了起來，列車駛進月台，車門打開了。我走下電車。

從此之後，我不會再看到她的臉，也不會回想起往事就淚流不止。

我回頭想要最後一次看媽媽的臉，發現她也看著我。

「呃，妳……」

媽媽微微站了起來，想要叫住我。

「妳的東西忘了拿。」

她想要拿起放在座位上的旅行袋。

我在車門關起之前跳上車，坐在想要把自己的旅行袋給我的媽媽身旁。

媽媽用混濁的眼睛看著我，但是，對她而言，映照在她眼中的我仍然是個陌生人。

「請問妳是哪一位？」

這次她沒有用日高方言，而是我熟悉的話，但她還是不知道我是誰。

我沒有理她，握緊了她的手。

列車抵達了美和家所在的車站。

雖然有多次機會，但我最終還是無法丟棄她。

我牽著她的手走下電車。

車站和我兒時的印象完全不同，鐵皮屋頂和水泥地板都已不復見，四周都是玻璃的車站，還設置了電扶梯。

走出剪票口後，有兩個出口，我猶豫了一下。以前只有一個通往商店街的出口。

我在雨中看到了商店街。商店街似乎改裝過了，已經找不到往日的影子。

這是我十八歲離家之前生活的地方，我想要早一秒離開家裡，我想要離開媽媽，所以只報考了無法從家裡通學的大學，馬上搬了出去。

我撐起雨傘，拿著雨傘的手拎著旅行袋，另一隻手握著媽媽的手。我和媽媽走進雨中。

即使周遭的環境都變了樣，但路仍然沒變，我立刻知道通往以前住的國宅那條路。美和在結婚後造的房子在國宅後面。

我驚訝地發現周圍多了很多房子。雖然以前經常玩的公園還在，但周圍的農田全都變成了公寓，曾經建了秘密基地玩耍的山上也都造了房子，房子從山麓一直建到山頂。

公園的櫸樹長大了，應該已經無法爬上樹了。

我曾經玩得太盡興，耽誤了回家時間被趕出門外。無論我怎麼哭喊，媽媽都不讓我進屋。天黑之後，公園角落的遊樂器材上的貓熊臉變得很可怕，難以想像我白天還坐在貓熊光溜溜的背上興奮地叫喊。我背對著貓熊，不敢看貓熊的臉。我很害怕，萬一貓熊突然走過來怎麼辦？正當我在胡思亂想時，有人從背後拍了拍我的肩膀，我跳了起來。是美和來找我。兩個人在一起，就不再害怕貓熊了。我們坐在貓熊的背上，吃著美和帶來的飯糰。

那隻貓熊也不見了。

公園旁的公寓依然如舊，只是變得很破舊，周圍放了很多舊輪胎和生鏽的腳踏車。

我以前經常和住在這裡的同學玩。那個同學家沒有門禁，不管玩到幾點，都不會被大人罵。我曾經去她家吃午餐，那天吃的是素麵。如今，我想不起那個同學的名字，也想不起她的樣子。

有一個小孩子蹲在那棟公寓的房間前。

我驚訝不已，但當然不可能是我的同學。因爲那是一個小男孩，我的同學是女生。

那個男孩低著頭，看著被雨淋濕的小草。他一動也不動，感覺很不眞實。那棟房子也很老舊了，感覺時間好像在那個空間凝結了。

以前每次被媽媽罵，被趕出家門時，我也經常蹲在外面。我已經不指望媽媽讓我進家門，所以就蹲在國宅入口看著螞蟻排排走。我總是在看螞蟻，住在靠近國宅入口的阿姨走出家門，撫摸我的頭。

今天是星期四，我很想問小男孩爲什麼沒去上學，但最後還是什麼都沒問就走了過去。因爲我擔心一旦我開口發問，他會連同後方的公寓一起消失不見。媽媽並沒有注意到那個男孩。

國宅也一如以往，只是搖搖欲墜，好像隨時都會倒塌。原本是白色的牆壁已經發黑，到處都是裂痕，爬上屋頂的藤葉也枯萎了。

小學出現在國宅後方的那片雨中。山丘上的小學。我與美和都曾經就讀那所學校，記得原本校舍和國宅的顏色相同，但學校可能重新油漆粉刷過，所以比國宅的牆壁更白。

從我懂事的時候開始，到我離家為止生活的國宅。以前整天有小孩子跑來跑去，熱鬧不已，如今似乎已經無人居住了。

國宅的入口豎了一塊告示牌，上面寫了重建工程的相關事宜。

工程從下個月開始。

我牽著以前不願意和我牽手的媽媽，仰頭看著告示牌後方那片三層樓房子的國宅。

我和媽媽曾經在這片國宅生活，在爸爸去世之前，媽媽一直都住在這裡。我看了媽媽一眼，她臉上沒有任何感慨。這裡已經不是媽媽的家，如今已經不復存在、她和她媽咪共同生活的日高的家，才是她真正的家。

但是，只有這片國宅才是我的家，五號樓三樓的三〇六室才是我的家。

我牽著媽媽的手走進那片國宅，國宅入口被人釘了一塊夾板擋住了，但可以走去位在國宅正中央的小公園內。

我驚訝地發現原來公園和周圍的房子那麼小。記憶中的國宅很高，走上三樓的樓梯就已經氣喘如牛；公園很大，可以玩躲貓貓和踢球遊戲。

我從公園仰望五號樓三〇六室的陽台。鞦韆的上方剛好是我們家。

「媽媽，是那個房間吧？」

我仰望著玻璃已經破掉的窗戶，媽媽也抬起了頭，但似乎什麼都想不起來。即使她忘了，我也不可能忘記。

五號樓的三〇六室。

那是我的家。

國宅內住了各式各樣的人。

我們隔壁三〇七室住了一個阿姨。沿著昏暗樓梯走到三樓，就可以看到我家和阿姨家門對著門。

每當媽媽對我破口大罵，阿姨就會來按我家的門鈴。

「中田太～太，中田太～太。」

阿姨的聲音總是拉得長長的，當媽媽尷尬地走去開門時，她總是說：「啊呀，我聽到一些聲音」，或是「這個我剛煮好，請你們嚐嚐」，然後走進我們家。

阿姨來家裡之後，媽媽也就不便繼續罵我。

三號樓的二〇八號室住著比我大一歲的學長阿基。

當我被趕出家門時，阿基的媽媽就叫我去她家，讓我在她家吃晚餐。

「今天佳佳來我們家，那我來做散壽司。」

阿基媽媽說完，讓我把壽司飯搧涼。阿基的好朋友阿辰也經常在他家玩。阿基、阿辰和我三個人輪流爲壽司飯搧風，周圍都瀰漫著甜甜的醋味。

我很想當阿基家的小孩子。

阿基的爸爸是美國人，他長得很像他爸爸，皮膚很黑，一頭鬈髮。我比阿基更像他媽媽，所以覺得自己完全可以當他們家的小孩。

我一直覺得自己有這種想法是壞孩子。

我居然無法喜歡自己的媽媽，居然會討厭媽媽，我相信全世界找不到第二個像我這麼壞的小孩。

我和阿基在同一組的路隊，每天都在集合後一起去上學。阿基是路隊隊長，當我一大早就挨罵，哭紅了雙眼去集合時，阿基總是一言不發地讓我排在隊伍最後面，不讓其他同學察覺我哭了。

走去山丘上的小學時，沿途的風吹乾了我的眼淚。

有一個男人從大白天就在公園的長椅上喝酒。他滿臉鬍碴，蹺著一隻腳坐在長椅上，努力不和我眼神交會。當我被趕出家門去公園時，只要看到他，我就感到很害怕。

但是，有一天傍晚，我發現一件事。當我在公園時，他總是坐在長椅上陪我。

因爲我總是坐在鞦韆上，所以從來沒有和那個男人說過話，但是，當美和來找我，我從鞦韆上站起來時，那個男人也總是從長椅上站起來。

然後，他總是一瘸一拐地走向一號樓，在地上拖出一條長長的線。

當我把背著媽媽寫的作文交給老師後，老師曾經稱讚我。

「中田，妳的作文很有趣。文章雖然簡短，但很俐落乾脆，妳很有寫作方面的才華。」

那時候，我讀五年級。那是我第一次能夠按自己的想法寫的作文作業。

進入出版社，在編輯工作上遇到挫折時，都會感到沮喪消沉，但每次都想起老師當時說的話，讓我勇氣倍增，一次又一次克服了瓶頸。

進高中後，我不敢去上學。那是一所令大家羨慕的高中，我們中學只有我一個人考進那所高中。

不去上學的原因只是一件很微不足道的事。班上的一個女生遭到其他人排擠，大家都在廁所、更衣室說她的壞話。這些話令我聽了很痛苦。

媽媽把我從被子裡拖了出來，我哭著掙扎，有時候也會在激烈掙扎時踢媽媽。

「妳這個小孩眞是太壞了，怎麼可以踢媽媽？妳會下地獄。」

媽媽按著我的肚子詛咒我。

班導師來家裡接我，我和老師走在路上時，把媽媽的事告訴了她。我恨死我媽媽，所以我是個壞孩子，一定會下地獄，即使讀書也沒有用。

「沒關係啊，即使討厭也沒關係。」

老師對我說。

「如果妳媽媽像妳說的那麼過分，妳可以討厭她，不需要勉強喜歡她。只要有人對妳做很過分的事，即使對方是媽媽，對妳來說，她就是一個很過分的人，沒必要去喜歡一個很過分的人。」

那時候，我第一次知道，沒必要因爲自己討厭媽媽而討厭自己。

考大學時，那位老師在我的缺席天數上動了手腳。

「我把所有的零都去掉了。」

老師終於笑了。我的缺課天數原本是兩位數，她去除了個位數，全都變成了個位數。

我考上了第一志願，那是一所位在關西的大學。我從此可以離家了，可以離開媽媽了。

想到這裡，我不再自責。

我在雨中想起很多人的臉龐。

自從離開這裡之後，我沒再和那些人見過面，也幾乎不曾想起他們。當我離開這裡後，大家也一個又一個不見了。

我仰望著已經遭到破壞的國宅，終於發現一件事——原來我也曾經有過幸福的記憶。

這時，媽媽突然從傘下走進雨中。我在不知不覺中鬆開了她的手，媽媽走向鞦韆，抓著濕漉漉的鐵鍊。

我慌忙追了上去，把傘伸了過去，抓住了她的手臂。

媽媽鬆開了鞦韆。

鞦韆在雨中搖晃著，發出咯吱咯吱的聲音。

「妳怎麼了？妳想坐鞦韆嗎？」

媽媽回頭看著我。

「在下雨，不能坐，衣服會濕掉。」

媽媽沒有回答，我在同一把傘中注視著她。

鞦韆在媽媽的身後搖晃。咯吱咯吱。咯吱咯吱。

我記得眼前這片景象。

記憶中，鞦韆在媽媽的身後搖晃。咯吱咯吱。咯吱咯吱。

那天沒有下雨，是晴天的傍晚，影子都拉得長長的。地面很乾，風在吹，沙子吹進了我的眼裡。

媽媽蹲在我面前，看著我的眼睛。我在哭。

我痛得閉上了眼睛，媽媽用手指掰開我的眼睛。我的身體向後仰，想要逃離，但媽媽的手很有力。她按住我，用舌頭舔了我的眼睛。

我張開眼睛，眼睛已經不痛了。

鞦韆在媽媽的身後搖晃。咯吱咯吱。咯吱咯吱。

當時，媽媽笑了，整張臉都在笑。

鞦韆依然搖晃，那一剎那很短暫。

「媽媽，」我對媽媽說：「我想起來了。」

媽媽沒有回答，她突然回頭看著搖晃的鞦韆。

「媽媽，我們回家吧。」

我鬆開她的手臂，重新握住她的手。媽媽看著自己被牽的手，抬頭看著我。

「姊姊，妳是誰？」

我笑著回答：

「我是佳佳，現在就送妳回家。」

「佳佳？」

「對，我是佳佳。」

看到我的笑容，媽媽牽著我的手，緊繃的嘴角也露出了笑容。

美和的家就在前方。我和媽媽並肩走向美和的家。

我要去把媽媽丟掉，丟去美和的家。

即使丟了媽媽，仍然要帶著這份記憶。

我回頭看著在濛濛煙雨中的鞦韆，在心裡發誓。

我不能忘記這份記憶，帶著這份記憶活下去。即使在我上了年紀，忘記所有的一切後，也不能忘記這份記憶。
我在雨中緊握媽媽的手。

〈完〉